Johann Carl Wilhelm Palm

Verbrechen aus Unschuld

Ein ländliches Sittengemälde in vier Aufzügen

Johann Carl Wilhelm Palm

Verbrechen aus Unschuld
Ein ländliches Sittengemälde in vier Aufzügen

ISBN/EAN: 9783743603332

Hergestellt in Europa, USA, Kanada, Australien, Japan

Cover: Foto ©Andreas Hilbeck / pixelio.de

Weitere Bücher finden Sie auf **www.hansebooks.com**

Verbrechen aus Unschuld.

Ein

ländliches Sittengemählde

in vier Aufzügen,

von

Johann Carl Wilhelm Palm

Königl. Preuß. Commissionssecretair.

Grätz 1796.

Vorrede.

Das Süjet zu diesem Schauspiel ist nicht original, sondern aus der vortrefflichen Erzählung des Florian: Claudine! entlehnt. Das einfache reizende Gewand, worin diese Erzählung eingekleidet ist, das Interesse, was sie belebt — zogen mich an, und so entstand Verbrechen aus Unschuld.

Nicht ohne merklich gegen die erste Regel der Schauspiel-Dichtkunst zu sündigen, und die Gegenstände auf eine beleidigende Weise zu drängen, nicht weniger aber der Einheit der Zeit und des Orts zu große Opfer zu bringen, war ich vermögend, die ganze Handlung in ein Schauspiel zu fassen. Verbrechen aus Unschuld endigt sich, da Claudine das väterliche Haus verläßt. Daher die oberflächliche Zeichnung von Beltons Karakter, daher das Unbestimmte in

A 2

seiner Handlung! Claudinens Schicksale ent-
wickelt die Fortsetzung dieses Stücks, die,
wenn anders meine Arbeit nicht ganz mißfällt,
zur Michaelsmesse erscheinen wird.

Aus diesem Grunde brauche ich daher auch
nicht wegen des zweifelhaften Ausgangs des
Stücks um Entschuldigung zu bitten; es indeß so zu endigen, wie es gegenwärtig er-
scheint, dazu bewog mich folgender Umstand:

In unsern heutigen Schauspielen wird,
meinem Gefühle nach, das Laster in ein zu
leichtes Gewand gehüllt. Jünglinge und
Mädchen fallen; es scheint dem Dichter genug zu seyn, wenn er sie einige Stunden hindurch ängstigt, und am Ende durch eine treffliche Tirade, die mehr seinem Kopfe, als
seinem Herzen Ehre macht, Verzeihung für
sie bewirkt, und sie glücklich werden läßt.
Die Zuschauer werden freylich im Mitgefühl
dieser Auftritte dahin gerissen, und schenken
dem Unglücklichen ihr Mitleid; wie aber denken Hunderte von ihnen, wenn sie das The-

ater verlaſſen, und ſich nach einigen Stunden die Gegenſtände, die ſie ſahen, noch einmahl ihren Sinnen darſtellen?

Zu einer Zeit, wo die Zügelloſigkeit und Frechheit ſo allgemein geworden ſind, bedarf es wahrlich! dieſes Mantels der chriſtlichen Liebe nicht, um jene Laſter noch allgemeiner zu machen. Ich geſtehe, es iſt hart, wenn ein — oft nur aus Verirrung — Fehlender, durch ein einziges Vergehen auf immer un-glücklich, und der Verachtung ſeiner Brüder ausgeſetzt ſeyn ſoll. Dieſe Ausſicht würde den Gefallenen muthlos machen, und für ihn die Quelle größerer Verbrechen ſeyn. Aber, es tröſte ihn das Bewußtſeyn, daß er durch Beſſerung und Reue ſein Verbrechen tilgen, und vor Gott und Menſchen bereinſt Ver-zeihung erwarten darf. Was aber wird aus dem Leichtſinnigen werden, wenn er ſieht, daß es nur eines kleinen Zeitraums bedarf, um dieſe Verzeihung zu erhalten, und ſich mit andern Menſchen, die ihn an Tugend bey weitem übertreffen, gleich zu machen? Ich könnte Beyspiele anführen, wo Laster, mit zu schwachen Farben aufgetragen, und unbegleitet von seinen abschreckenden Folgen, auf der Bühne dargestellt, die nachtheiligsten Folgen hatte; aber ich bescheide mich, daß der Dichter nicht diese üble Wirkung hervorzubringen gedachte, vielmehr seine Absicht redlich gemeint war, und um deßhalb wäre es unbillig, da eine gute Idee zu unterdrücken, wo keine böse beabsichtet wurde. Ich frage indeß Jünglinge und Mädchen: Ob nicht oft ein solches Schauspiel die erste Grundlage ihres Unglücks war?? — Gegen niemand ist der Mensch nachgiebiger, als gegen sich selbst; er sucht sich zu entschuldigen, wenn er unrecht that, und wehe ihm, wenn er es bis dahin bringt — diese Ruhe stürzt ihn gewiß einst in Verzweißung, und raubt ihm den Seelentrost, der uns oft im Unglück von Selbstmord schützt. Wahrlich! hier bedarf es einer großen Vorsicht, um nicht ein Unglück zu stiften, das

schrecklich in seinen Folgen ist. Denn all'
das glänzende Glück in unsern Schauspielen
und Romanen geht selten die so liebenswürdige Mittelstraße — ist größtentheils nur einge-
bildet, und um deßhalb gefährlich, weil es
nicht das ist, was es scheint.

Man hat diesen Vorwurf einem unsrer
beliebtesten Schauspieldichter gemacht, und
gewiß nicht ganz ohne Unrecht. Ein Leichtes
wäre es mir geworden, seinem Beyspiele zu
folgen, und dadurch vielleicht manchen Leser
und Zuschauer zu befriedigen. Aber nein!!
—meine Claudine ist gefallen! und
sie muß büßen!! Harte Prüfungen stehn
ihr bevor, und nur das Bewußtseyn, sie be-
siegt zu haben, kann ihr die Verzeihung guter
Menschen bewirken, und das beschämende
Gefühl vor ihrem Vergehn ersticken.

Das größte Unglück, was ihr bevorste-
hen könnte, wäre nicht so schmerzhaft für sie,
als die Folgen ihres Vergehens es für die

Menschheit seyn könnten, wenn der Dichter ihr Vergehen zu leicht behandelt.

Wer fühlt nicht mit mir, die Angst und die Reue Claudinens, die ihr innerstes zerreißt? O, Jünglinge und Mädchen!! — fühlt sie recht lebhaft — laßt euch Claudine und Belton ein warnender Schutzengel seyn!! Mancher Jüngling, der im Begriff stand, ein Belton zu werden, wird vielleicht zurückgeleitet auf den Weg der Tugend, abgeschreckt von dem empörenden Entschluß, Untreue an einer von ihm verführten Unschuld zu begehn — manchem Mädchen, das im Begriff stand, zu straucheln, ist vielleicht Claudinens folternde Angst eine Warnung auf Lebenszeit!! — O, wohl mir! wenn nur ein Jüngling, nur ein Mädchen von dem fürchterlichen Abgrunde zurückgehalten würde! — das Bewußtseyn, es bewirkt zu haben, wäre mir nicht um Kronen feil!! —

Sehr werth und ehrenvoll ist mir übrigens die Versicherung des berühmten Dichters, den Deutschland mit Recht seinen Horaz nennt. Ich darf sie um so weniger zurückhalten, da sie die Ursach ist, warum ich es gewagt habe, dieses Schauspiel schon jetzt dem Drucke zu übergeben.

„Ueberhäufte Geschäfte, und ein Alter
„von 70 Jahren, hindern mich, eine genaue
„Kritik über dieses Schauspiel niederzu-
„schreiben, welches in seinen einzelnen
„Theilen recht schön ist, und so sehr Tu-
„gend und Religion lehrt, daß sogar eine
„Bethschwester, die das Theater haßt, ein
„solches Stück mit gutem Gewissen besu-
„chen würde" ꝛc.

Als ich es schrieb, war meine Absicht, Gutes für meine Brüder zu wirken — vielleicht habe ich meinen Zweck nicht ganz verfehlt!!

Uebrigens widerrathe ich allen Privatbühnen die Aufführung dieses Stücks. Schwerlich wird sich eine Liebhaberinn finden, die die Rolle der Claudine mit Glück spielt. So wenig ich zweifle, daß dieses Stück, durch

eine gute Gesellschaft dargestellt, nicht allein
großen Eindruck machen, sondern auch ge=
wiß von Nutzen seyn würde, so sehr bin ich
überzeigt, daß es auf einem Privattheater die
entgegengesetzte Wirkung hervorbringen müßte.
Und aus diesem Grunde, und weil man auf
dergleiche Bühnen gewöhnlich Stücke wählt,
die einfach in Ansehung der Decoration und
Kleidung sind, hielt ich diese Anmerkung nicht
ganz für überflüssig.

Sollte dieses Stück etwa je auf irgend
einer Bühne aufgeführet werden, so wünsche
ich ihm diejenige Aufnahme, die nur allein
vermögend ist, mich mit Fröhlichkeit auf die=
jenigen Augenblicke zurückblicken zu lassen,
die ich dazu verwandt habe.

Geschrieben, Schönebeck, bey Magdeburg,
den 3. April 1796.

J. C. W. Palm.

Verbrechen aus Unschuld.

Ein ländliches Sittengemählde
in vier Aufzügen.

Personen.

Simon, verabschiedeter Wachtmeister; jetzt Schulz
des Dorfes und Besitzer eines ansehnlichen
Bauerguts.

Nanette,
Claudine,   } seine Töchter.

Franz.

Der Pfarrer des Dorfes.

Belton, ein Engländer.

Das Stück spielt in dem Dorfe der Priorey, im
Thale von Chamounis, in Savoyen, vom Abend
des einen, bis zum Abend des andern Tages.

Erster Aufzug.

Freyer Platz vor der Wohnung des alten Simon.

Erster Auftritt.

Nanette.

Allein; kömmt hinter dem Hause hervor, und steht
schüchtern zurück.

Er war es, gewiß er war es! O, wie pocht mir
das Herz! Vielleicht, daß er in diesem Augenblick
— in seiner Miene lag Entschluß — (Dreht sich rasch
um.) Thörin! oft schon war er dieser Hütte nahe
— oft schon berührte er mit seiner Lippe diese Hand,
und drückte sie innig an sein Herz, und nie, nie
kam eine Sylbe von Liebe über seine Lippen; —
nie gestand er mit Worten, was ich in seinen Blicken schon so oft zu lesen glaubte. O! warum hat
er nicht schon längst ein Geständniß gewagt, was
mich so unaussprechlich glücklich machen würde? Warum es mir nicht schon längst entdeckt, das er mich
liebt, und mich zu seinem Weibe wünscht? — O!

in seinem Besitze würden viele meiner Freuden blühen! — Aber, gesteh ich mir nicht zu viel? — Doch nein! — Mag es immerhin Schwachheit seyn, mir zu gestehen, daß ich den schönsten und edelsten Jüngling im Dorfe liebe — es ist gewiß eine verzeihliche Schwachheit. (Sie dreht sich unwillkührlich nach der Seite hin, wohin sie zuvor mit unverwandten Augen blickte.) Wahrlich! dort kömmt er den langen Gang herunter; ich kann ihm unmöglich jetzt Rede stehn, mein Herz würde sich verrathen, und er sich an meiner Verlegenheit weiden. (Will gehn.)

Zweyter Auftritt.

Nanette und Franz.

Franz (erstaunt und mißmüthig, da er Nanetten gehn sieht.) Sie flieht, da ich komme — mein ganzer Vorsatz ist über den Haufen geworfen — Nanette! Nanette!

Nanette (kehrt sich um.) Nun, wer ruft? — Ha! bist du es Franz? (Geht auf ihn zu.)

Franz. Höre Nanette, ich habe immer geglaubt, daß du mich lieber hättest, als manchen andern im Dorfe — vergib mir nur, daß ich so frey zu dir spreche. Sieh! ich habe mir ordentlich darauf was zu gute gethan, wenn du lieber mit mir, als mit meinen Kameraden, bey unsern sonntäglichen Vergnügungen tanztest; aber — das ist gar nicht hübsch, daß du fortgehst, wenn ich komme; du weißt doch, daß ich unter allen Mädchen im Dorfe dir jederzeit den Vorzug gegeben habe. — Hm! Nanette, du machst, daß ich weinen muß; denn das will mir gar nicht gefallen, daß du vorher fortgingst, als ich kam.

Nanette. Guter Franz! ich wollte eben zu meinem Vater gehn, und für ihn das Abendbrot besorgen.

Franz (bekümmert.) Du hast etwas wider mich auf deinem Herzen, und darum wolltest du mir aus dem Wege gehn. Gesteh' es nur —

Nanette. Franz! wie kannst du so etwas von mir denken? Sieh'! ich könnte böse auf dich seyn, wenn du Dinge behauptest, die kein anderer besser wissen kann, als ich. Wie sollt' ich etwas wider dich auf meinem Herzen haben? Hast du mir je etwas zu Leibe gethan? — Wahrlich! Franz, ich verdiene diesen Argwohn nicht!

Franz (weich.) Nun — machst du doch gleich von so einer Kleinigkeit ein Aushebens — es war ja so böse gar nicht gemeint. Freylich ärgerte mich der Gedanke, daß du um meinetwillen fortgegangen seyn könntest, und das — ich mags dir gar nicht bergen— das würde mir wehe gethan haben, weil ich dir gut bin.

Nanette. Nein, guter Franz! verbanne diesen Argwohn aus deiner Seele. Du verdienst meine ganze Liebe; ich habe dir so viel zu verdanken. Als vor einigen Jahren das große Feuer in unserm Dorfe ausbrach, und auch unsere Hütte ergriff —

ach! was mir gerettet haben, verdanken wir nur allein dir und deiner Liebe zu uns, und was ich dir verdanke, ist mehr, als dieß alles — die Erhaltung meines alten Vaters. Ohne dich wär er sicher ein Raub der Flammen geworden.

Franz. O, sprich doch nicht von so etwas — es verlohnt sich ja nicht einmahl der Mühe, daran zu denken, geschweige, es zu erwähnen.

Nanette. Es hat dem Vater und uns allen nur an Gelegenheit gefehlt, es dir zu lohnen. Mein tägliches Gebeth zu Gott ist, daß sich diese recht bald finden möge, um dir zu beweisen, daß wir diese edle That nicht vergessen haben. Und siehst du — da ich dir dieß so offenherzig gestehe — so magst du es mir auch immer glauben, daß ich keinen Groll gegen dich habe, und vorher nicht fortging, um deinen Anblick zu meiden.

Franz. Vergib mir, beste Nanette! ich habe dir Unrecht gethan. Nicht wahr, du vergibst mir? (Er reicht ihr die Hand; sie gibt ihm die ihrige mit Schüchternheit; er küßt sie feurig, und drückt sie mit Inbrunst an sein Herz.) Wahrlich! du bist ein herrliches, treffliches Mädchen! Höre Nanette! ich habe einen guten Gedanken, und ärgere mich immer, daß ich ihn dir nicht schon längst mitgetheilt habe. (Er geht einige Schritte zurück; für sich.) Ich habe doch sonst mein Mundwerk auf dem rechten Flecke; aber wenn ich sie nur ansehe, gleich treffen mich die schwarzen Augen, und hin ist mein Muth. Nun Franz! was hilfts? Heraus mit der Sprache; es ist ein

gutes,

gutes, liebes Mädchen — übel wirst du gewiß nicht fahren — ich will mein Heil versuchen! (Er nähert sich Nanetten, die bisher mit halben Augen auf ihn blickte, und der seine Verlegenheit ziemlich angenehm zu seyn schien; ergreift ihre Hand und küßt sie zum öftern.) Was meinst du, meine liebe Nanette — könntest du mich wohl jemahls lieben?

Nanette (naiv.) Ich ehre in dir den Retter meines Vaters, und den Erhalter unsers Wohlstandes. —

Franz (zutraulicher und dreister.) Aber, könntest du mich wohl l i e b e n? Nur diese einzige Frage beantworte mir, könntest du mich wohl jemahls lieben? Das heißt: Könntest du dich wohl jemahls entschließen, m e i n l i e b e s W e i b c h e n z u w e r- d e n?

Nanette (sieht ihn innig an.) Franz!

Franz (recht herzlich.) Ach, meine liebe Nanette! glaub mir, dieß Geständniß kam von Herzen. Ich liebe dich inniglich, liebe dich mehr als meine Schwester, als meine Mutter, mehr als meinen Vater — ach! und so aufrichtig, gewiß, mein Herz ist ohne Falsch gegen dich. Ich bitte dich, erwiedere meine Aufrichtigkeit. Sag mir: Könntest du dich wohl jemahls entschließen, m e i n l i e b e s, g u- t e s W e i b z u w e r d e n?

Nanette (äußerst verlegen zwar, allein in ihrer Miene herrscht ein Blick, der nur dem aufrichtigen Mäd- chen eigen ist.) Hast du auch überlegt, was es heißt — eine F r a u z u n e h m e n?

Franz (voller Freuden.) Ach ja! meine liebe Nanette, das habe ich. Höre meine Gedanken, die
ich hatte, als ich zum ersten Mahle mir gestand, daß
ich dich liebte. Ich sah dich — das wird dir noch
sehr gut erinnerlich seyn — zum ersten Mahle auf unsers Nachbars Hochzeit; ich tanzte mit dir; wie
mir dabey zu Muthe war, kann ich dir nicht beschrei-
ben. Das ist nun beynahe vier Jahre her. Du weißt,
wie oft ich seit der Zeit mit dir zusammen kam. Man
muß dir gut seyn. Ich empfand das sehr bald,
denn ich liebte dich bald recht innig, und meine Liebe konnte nur der Gedanke, mich der deinigen täglich würdiger zu machen, vergrößern. Da saß ich
einst des Abends vor meines Vaters Thür — es war
ein recht schöner Abend; die Nachtigall schlug in
der benachbarten Hecke; dieß, und die feyerliche
Stille, die rund herum herrschte, hatten mein Herz
zu einer besondern Empfindung gestimmt. Ich dachte an dich. Nur du schwebtest, unter allen Mädchen im Dorfe, mir vor Augen. Ich dachte: Wenn
ich einst so glücklich wäre, dieses Mädchen mein zu
nennen! — ach! welche glückliche Tage würden dann
meiner nicht harren? — und sieh, Nanette! bey
diesem Gedanken war mir so wohl zu Muthe — so
wohl — gewiß, es mußte ein guter Gedanke seyn.
Denke weiter, Nanette! wenn der Segen unserer
alten guten Väter uns erst auf ewig vereinigt, und
unser Glück auf Erden noch vergrößert — verlassen
wir dann des Morgens unser Lager, und bringen
Gott unser Dankgebeth für eine erquickende Ruhe,

so geht der eine hierhin, der andere dorthin, und verrichtet seine Geschäfte. Arbeit würzt die Speise, würzt jede Freude des Lebens, und macht sie um so schmackhafter. So genießen wir des allmächtigen Schöpfers Gaben, die er uns verleiht, mit einem ruhigen und zufriedenen Herzen. Nach Tische geht ein jeder wieder zu seinen Geschäften, und verrichtet sie mit Lust und Freude. Dann naht sich der Abend; einer sehnt sich nach des andern Umarmung, einer nach des andern Kuß, jeder sucht dem andern zuvorzukommen, jeder will der erste seyn, der de n andern begrüßt. (Mit Rührung) Wenn dann der Augenblick kömmt, wo sich beyde sehn können — wo sie einander mit verzeihlicher Eile in die Arme fliegen; — o, Nanette! ich denke, das müßte ein recht schöner Augenblick seyn! Dann setzen wir uns vor unsere Hütte, essen unser Abendbrot unter der schönen großen Linde, die dir von jeher immer so werth gewesen ist, und hören dem melodischen Gesange der Nachtigall im dichtanstoßenden Walde zu. — Wird es dann finster, so legen wir uns nieder, um durch Ruhe unsere Glieder, zu neuer Arbeit auf den folgenden Tag, zu stärken. Der Gedanke an Gott und seine Güte ist das beste Gebeth; mit ihm schlafen wir ein, und unser Schlaf ist sanft; denn wir haben ein gutes Gewissen. Sage mir, Nanette! kennst du einen glücklicheren Zustand, als diesen? Vereint auf immer, um die Seligkeiten eines Lebens zu genießen, die uns fromme Liebe im Genuße der Tugend, und der Segen

unserer zufriebenen Väter gewährt? (Pause; dann
mit Wärme und zudringlich:) Sprich! willst du mein
gutes, liebes Weib, und eine treue Ge-
fährtinn meines künftigen Lebens
werden!

Nanette. O, Franz! Franz! ob ich es werden will? — Dein Vater — ach! dein Vater!
er war nie ein Freund des meinigen.

Franz. Ich verstehe dich; aber sey unbesorgt.
Er liebt dich, wie seine eigene Tochter. Deine
Vorzüge und Tugend, dein liebliches Wesen und
deine Sanftmuth, haben den Sieg über seinen Jahre
langen Groll gegen deinen Vater davon getragen.
Mit offnen Armen wird er dir entgegen eilen, und
in dir seine Tochter erkennen. Folge mir zu meinem Vater!—

Nanette. Und mein Vater —

Franz. Wenn dann diese beyden Hindernisse,
die dir doch nicht unüberwindlich scheinen werden,
aus dem Wege geräumt sind, und der liebende
Franz es dann deiner Entscheidung überläßt, ihn
glücklich oder unglücklich zu machen — kann er sich
dann wohl eine günstige Antwort versprechen?

Nanette (sieht ihn innig an, und ergreift seine
Hand.) Franz! verkenne mich nicht, mißdeute auch
nicht, was ich dir unmöglich länger verhelen kann.
Es macht ja keinem Mädchen Schande, eine verzeihliche Schwachheit zu gestehn, am wenigsten mir,
sie dir jetzt zu gestehn. Ich liebte dich, vielleicht
eben so früh, als du mich; oft warst du der Ge-

genstand meiner geheimsten Gedanken, und wenn
du dann in solchen Augenblicken zu uns kamst, dich
an meiner Seite setztest, meine Hand ergriffst und
sie an dein Herz drücktest — nein! ich vermag nicht,
dir die Seligkeit eines solchen Augenblicks zu schil-
dern.

Franz (außer sich vor Entzücken.) O, so habe ich
mir also nicht zu viel versprochen! Nicht wahr, du
wirst mein gutes, liebes Weib?

Nanette. Ich werde es mit Freuden, und will
dich lieben, treu und aufrichtig.

Franz. Diesen Bund hat reine Liebe geschlossen.
Guter Gott im Himmel! blick mit Wohlgefallen
auf uns, und segne diese jetzige Minute! — Ach
Nanette! ich bin so froh und dankbar, daß ich in
diesem Augenblick keinen Menschen um sein Schicksal beneide, und wenn es auch noch so glänzend
wäre. Daran bist du Schuld — dieses Glück verdanke ich meinem zukünftigen lieben Weibe — Dank,
tausend Dank dafür, meine beste Nanette! (Er
küßt sie inbrünstig.) Jetzt will ich zu deinem Vater
gehn, ich will ihm alles sagen, ich will ihn um seine Einwilligung, um seinen Segen bitten — gedulde dich einen Augenblick, das soll nicht lange dau-
ern. (Will ins Haus.)

Nanette. Mein Vater ist noch nicht zu Hause —

Franz. So gehe ich ihm diesen Weg entgegen.
Es muß herunter vom Herzen; denn die Last wird
mir schwer.

Manette. Der gute Gott segne dein Unterneh-
men, und laß es gelingen.

Franz. Noch nie ist mir etwas Gutes mißlun-
gen. Auf dieses Bewußtseyn gründet sich mein Muth
und die Hoffnung, auch hierin glücklich zu seyn. (Ab.)

Dritter Auftritt.

Manette allein.

Bald ist das Maß meiner Glückseligkeit voll!
— — Franz mein! was ich vor einer Stunde noch
so sehnlich wünschte — mein einziger Wunsch auf
Erden ist jetzt erfüllt! O Gott! wie freue ich mich
auf den Augenblick, wo ich ihn ganz mein nennen
darf, wo der Segen eines biedern Vaters ihn mir
auf ewig zuführt. Er ist ein edler Jüngling, unter allen Jünglingen im Dorfe der, nach dessen
Gespräch und Tanz ein jedes Mädchen sich sehnt,
von den noch niemand das geringste Böse spricht;
gewiß muß er ein guter Jüngling seyn; denn oft
spricht die Welt von guten Menschen, um so weniger würde sie ihn verschonen, wenn seine Aufführung voller Tadel wäre! —

Vierter Auftritt.

Manette und Claudine.

Manette. Guten Abend, liebe Schwester. Du
kömmst zur rechten Zeit, ich will so eben das Abendbrot für den Vater besorgen.

Claudine (mit einem Seufzer.) Ach! ich bin nicht hungrig!

Nanette. Kein Wunder, da du die Schönheiten der Natur den ganzen Tag über genießest, und dich an ihrem prächtigen Obste labst.

Claudine (verdrießlich.) Ach! ich habe den ganzen Tag noch keine Kirsche gegessen.

Nanette. Was ist dir, liebe Schwester? Schon seit einiger Zeit bemerke ich an dir einen Mißmuth, der mir gar nicht gefällt. Er läßt auf Unzufriedenheit mit dir selbst, oder mit deinem Schicksale, schließen. In diesem Busen ist das Geheimniß einer Schwester, wenn du was auf deinem Herzen hast, gut aufbewahrt. Entdecke mir den Schmerz, der an der Fröhlichkeit deiner Jugend nagt — was es auch sey, ich will schwesterlich mit dir theilen.

Claudine. Mir fehlt nichts, gewiß nichts, liebe Nanette: ich weiß aber selbst nicht, warum ich seit einiger Zeit so traurig bin. Doch, das weißt du ja, ich bin nie recht aufgeräumt gewesen. Daran ist mein Temperament schuld.

Nanette. Sag das nicht, daß unser junges Volk es hört. Erinnerst du dich wohl des Tages, an dem unser Nachbar sein Hochzeitsfest feyerte, und uns dazu einlud, wie ausgelassen fröhlich du diesen Tag über warst? Allenthalben, wo ich hinblickte, sahe ich die muntere Claudine, wie sie bald diesem, bald jenem Bauerjungen einen Possen spielte. So aufgeräumt bist du seit jenem Tage nicht wieder gewesen. Es muß etwas vorhanden seyn, was

dein Temperament umgekehrt hat; denn vorher war
das nicht so. —

Claudine (für sich.) Ach! das waren noch glückliche Tage! Unschuld würzte die Freude solcher Augenblicke! — (Laut) Du weißt, liebe Nanette —
(Verdrießlich und in sich gekehrt) Ach! ich weiß selbst
nicht, was mir fehlt. —

Nanette. Das ist die gefährlichste Krankheit —
sie ist schwerer, als jede andere zu heilen. Glaube
mir sicher, Claudine! daß du dadurch unserm alten Vater die wenigen Tage verbitterst, die ihm
noch zu leben übrig bleiben. Noch gestern sagte
der alte Mann zu mir: „Weißt du nicht, Nanet-
„te! was deiner Schwester fehlt? Meines Wis-
„sens ist ihr nichts widerfahren, was sie kränken
„könnte; sie ist immer so Menschenscheu und in sich
„gekehrt, sitzt bisweilen ganze Stunden im tiefen
„Nachdenken versunken, und fährt dann plötzlich,
„wie aus einem schreckhaften Traume, mit einem
„lauten Schrey empor. Suche von ihr zu erfah-
„ren, was ihr fehlt — was es auch sey — kann
„es ihre Laune nur verscheuchen, ich will es ihr
„gern geben.“

Claudine (mit einem schweren Seufzer.) Was es
auch sey!! — Nein! das vermag er nicht.

Nanette. Warum nicht? Er ist jederzeit ein
liebreicher Vater gegen uns gewesen; sein ganzes
Bestreben geht ja noch immer jetzt dahin, uns glücklich zu machen. Ich dächte auch, Claudine! du

hätteſt von ſeiner vätterlichen Liebe zu dir unzähli-
ge Beweiſe. —

Claudine. Ja, die habe ich. Er iſt immer ein
zärtlicher Vater gegen mich geweſen — und war zu
zärtlich gegen mich; nie! — nie! habe ich ſeine Liebe gegen mich ſo gelohnt, als ſie es verdiente. O
Gott! das macht mich ſehr traurig! —

Nanette. Liebe Claudine, entferne dieſe Grille
aus deinem Kopfe, wahrlich! ſie kann dich weder
beruhigen, noch glücklich machen.

Claudine. Wollte Gott! daß ich es vermöchte!
Doch, ich will es verſuchen — von heute an; gewiß, ich will es verſuchen, wieder heiter zu werden.

Nanette. Thue das, liebe Claudine! nur deine wiederkehrende Heiterkeit allein, gewährt unſerm guten Vater ein ruhiges Ende — und deiner
treuen Schweſter eine vergnügte Zukunft — denn ich
liebe dich herzlich! —

Claudine. O, meine liebe Schweſter! meine
liebe Nanette! (Sie flieht in ihre Arme. Schöne, aus-
druckvolle Pauſe.)

Fünfter Auftritt.

Vorige und Simon.

Simon (kömmt aus dem Hauſe, noch hinter ſich
im Herauskommen.) Sag Nanetten, daß ſie das
Abendbrot beſorgt, und ruf mich dann. — Ich will

noch ein wenig hier im Freyen bleiben. Es wird
doch nach gerade schon ein wenig kühl, die Tage
nehmen ab; (mit Bezug auf sich) ja, ja! es geht
bergab, und das wird man denn weit eher gewahr,
als — (er bemerkt die beyden Mädchen; sein Blick
ruht lange Zeit mit Wohlgefallen auf ihnen; endlich
geht er auf sie zu, und tritt mit Rührung in ihre Mitte.)
Lebt einig! das ist der Wunsch eures Vaters —
liebt euch als Schwestern! (mit herzlichem
Händedruck) so bleibt mir nichts weiter zu wünschen übrig. — Ich kann ja meine gute Lehre nicht
besser anbringen, als in diesem Augenblicke, wo
eure Seelen die schönste Stimmung zu haben scheinen. Zu dir, Claudine! sey es gesagt: Leg dein
finsteres Gesicht ab; es ziemt sich nicht für ein fünf-
zehnjähriges Mädchen, wenn sie den Kopf hängt.
Entweder Krankheit oder böses Gewissen
steckt dahinter, und beydes ist doch gewiß bey meiner Claudine nicht der Fall. Herzlich erfreut hat
mich der Anblick eurer Schwesterumarmung — Laßt
euch küßen. (Er drückt sie wechselweise an sein Herz,
und küßt sie.) Das macht mich heute recht froh —
ich denke, das Abendbrot soll nun um so köstlicher
schmecken. Nanette! besorge es, und rufe mich,
wenn du fertig bist, ich will derweilen noch ein
wenig mit Claudinen plaudern.

Nanette (im Abgehen für sich.) Entweder seine
Gleichgültigkeit gegen mich ist Prüfung, oder —
Franz hat ihn nicht getroffen, und das wäre mir
gar nicht lieb. (Ab.)

Sechster Auftritt.

Simon und Claudine.

Simon. Es ist mir recht willkommen, daß ich dich einmahl unter vier Augen spreche. Setz dich her zu mir. (Sie setzen sich vor der Thüre des Hauses auf eine Rasenbank.) —Denk, daß jetzt dein Vater, dein erster, bester und treuster Freund, zu dir spricht. Mit deinem jungen Herzen ist eine große Veränderung vorgegangen. Entdecke mir den Grund davon! —Du weißt, wie zärtlich ich dich liebe, also sprich ohne Rückhalt. Warum bist du seit einiger Zeit so tief in dich gekehrt! Warum nimmst du nicht mehr, wie sonst, so warmen Antheil an unsern häuslichen Freuden, der mich immer an dir so entzückte? Entdecke mir den Grund davon! —

Claudine (in ängstlicher Verlegenheit.) Lieber Vater! ich wüßte in der That nicht —wahrlich! ich habe —

Simon (einfallend.) Deine Seele hat gelitten, oder du bist krank! O, Claudine! wenn du wüßtest, wie theuer du mir bist! —Bald sind es acht Jahre, als eine heftige Krankheit deiner verewigten Mutter das Leben raubte. Du warst an ihrem Sterbebette, warst Zeuge meines Schmerzes und meiner Trauer — ich kann sie nie vergessen; denn sie war ein biederes, liebes Weib. (Feurig.) Aber du warst auch Zeuge ihrer erhabenen Tugend, ihrer schönen und edlen Grundsätze, ihrer, wahrlich!

echten Liebe für Tugend und Religion. Setze diese Grundsätze nie aus den Augen, Claudine! —
vergiß sie nie; o, um Gotteswillen, Claudine! beuge deinen alten Vater nicht so schrecklich, das wür-
be mich mit Gewalt in die Grube werfen, von der
ich vielleicht noch um einige Tage entfernt bin. —
Doch, wozu das? Claudine wird meine Liebe nie
mit Undank lohnen; du bist mein liebstes Kind; denn
du bist meiner verblichenen Claudine Ebenbild; bist
ihr in deiner Geburt schmerzhafter geworden, als
deine älteste Schwester — darum bist du mir wer-
ther. Aber mißbrauche auch nie dieses Geständniß,
es müßte deine älteste Schwester gewaltig kränken.

Claudine. Gott! mein Vater! wie gütig, wie
liebevoll seyd ihr gegen mich — bin ich so vieler Liebe werth?

Simon. Bleib tugendhaft, und wandle auf
dem Wege fort, den ich dir gezeigt habe, so wirst
du noch mehr, als meine Liebe — auch die Ach-
tung deines Vaters verdienen. — Ich höre
kommen, verbirg deine Thränen und sey heiter.
Wir sprechen nach Tische noch weiter davon.

Siebenter Auftritt.

Vorige und Franz.

Franz (kömmt zurück.) Einen guten Abend wünsch
ich euch —

Simon. Guten Abend, Franz. Wie gehts,
was machst du?

Franz. Ich habe euch schon seit einer halben Stunde aufgesucht, und nun seyd ihr hier? Ihr müßt diesen Weg nicht nach Hause gekommen seyn?

Simon. Ich bin nicht durchs Dorf, sondern durch meinen Garten gegangen. War es denn etwas so wichtiges, was du mir zu sagen hattest?

Franz. Je nun — unwichtig war es gewiß nicht.

Simon. Nun, laß hören. —

Franz. Ja, ich wollte wohl sprechen; aber — nicht wahr, Claudine! du verzeihst es mir gewiß, wenn ich offenherzig bin, und dich um etwas bitte? —

Claudine. Von Herzen gern.

Franz. Geh ein wenig ins Haus; was ich mit dem Vater zu sprechen habe, kann ich ihm nur unter vier Augen sagen; aber du bist doch auch nicht böse darüber? Versprich es mir!

Claudine (reicht ihm die Hand.) Gewiß nicht. (Für sich) Gott sey Dank, daß er mich meiner Qual überhebt — o! ich vermag seinen Blick nicht mehr zu ertragen. — Wenn das Abendbrot fertig ist, will ich euch abrufen, lieber Vater. (Sie küßt ihm die Hand und geht ab.)

Simon. Thue das, meine Tochter, und (etwas leise) sey heiter!

Achter Auftritt.

Simon und Franz.

Simon (setzt sich.) Nun, Franz! jetzt sind wir
allein. Was war es denn, was du nur allein mir
sagen wolltest?

Franz. Je nun, ich hätte euch mancherley zu
sagen; aber nichts als Gutes.

Simon. So? Nun dieser Zusatz war sehr nöthig; denn die guten Nachrichten sind etwas selten
bey dir; so oft du kamst, warst du auch ein Bothe böser Nachrichten.

Franz. Wie so? Wie meint ihr das, Vater
Simon?

Simon. Warst du es nicht, der mir vor einigen Wochen die Nachricht brachte, daß Kunz und
Michel handgemein geworden, und dieser den ersten
erschlagen hätte? Warst du es nicht, der mir zuerst die Nachricht brachte, daß in unserm Do se
Feuer entstanden wäre, und auch unsere Hütte bald
ergreifen würde? Brachtest du mir nicht noch gestern die fürchterliche Nachricht, daß im Dorfe
ein toller Hund umherlaufe, und schon verschiedene Leute gebissen habe? (Lächelnd) Wahrlich! man
sollte dir am Ende billig aus dem Wege gehn.

Franz (etwas verdrießlich.) Hört, Vater Simon! das ist mir gar nicht lieb, daß ihr so sprecht;
ich hatte euch gewiß keine böse Nachricht zu bringen.

Simon. Nun, um so begieriger bin ich auf die gute, um so willkommen soll sie mir seyn. Was gibts denn — G u t e s , will ich einmahl sagen, und nicht wie sonst — B ö s e s ? Nun?

Franz. Ihr wißt, Vater Simon, daß ich euch immer recht gut gewesen bin — ich liebe euch gewiß nächst meinem Vater am meisten.

Simon. Das lügst du; denn ich weiß, daß dir die Mädchen in unserm Dorfe wohl wollen, und sollte unter so vielen schmucken Dirnen nicht eine seyn, die du mehr liebtest, als mich? He?

Franz. Hm! ich weiß gar nicht, wie ihr mir heute vorkommt, Vater Simon. Ich habe euch noch nicht so spaßhaft gesehn — wahrlich! ihr seyd heute bey guter Laune!

Simon. Das bin ich, darin magst du dich wohl nicht irren. Nun, um aber wieder auf die gute Nachricht zu kommen — wie lautet sie denn?

Franz. Seht einmahl, Vater Simon! Ihr wißt, daß ich auch kein armer Mensch bin; ich werde bereinst Haus und Hof besitzen, und will mich schon reblich und ehrlich nähren.

Simon. Daran zweifle ich nicht im mindesten; nur kann ich noch gar nicht begreifen, wo das alles hinaus will?

Franz. Soll's bald erfahren, Vater Simon. Glaubt nur es auf mein Wort, was ich euch zu sagen habe, ist recht was großes und wichtiges, denn wenn es das nicht wäre, so hätte ich es euch schon längst gesagt.

Simon. Das dauert verzweifelt lange, ehe du mit beiner wichtigen Nachricht zum Vorschein kömmst. Du handelst ganz verkehrt; mit den bösen solltest du zögern, denn die erfährt man immer zu zeitig.

Franz. Ich liebe ein Mädchen aus diesem Dorfe, ein recht gutes, liebes Mädchen! das Mädchen liebt mich wieder, und wir wollten gern ein Paar werden. Nun ist mir aber bange vor dem Vater meines Mädchens, daß der uns entgegen seyn möchte.

Simon. Nun, und wer ist denn das Mädchen?

Franz (zögernd.) Es ist — — —

Simon. Ha! Ha! du wirst mit der Sprache nicht heraus wollen; behalt bein Geheimniß in Gottes Rahmen für dich, ich will es wahrhaftig dir nicht ablocken. — Also das Mädchen liebt dich?

Franz. Ja, recht herzlich.

Simon. Und du liebst das Mädchen?

Franz. Ach, über alles!

Simon. Nun sieh einmahl, Spitzbube! wen liebst du mehr, mich oder das Mädchen?

Franz. Ja, wenn ihr so sprecht, da habt ihr freylich Recht; ich meine es aber ganz anders. Seht, Vater Simon! es muß schlechterdings zweyerley Arten von Liebe geben. Denn die Liebe zu euch und zu dem Mädchen ist weit von einander verschieden, und beyde können doch einerley Grad haben.

Simon (ſteht auf.) Hm! Hm! der Burſche hat nicht ganz Unrecht. Höre Franz! wenn ihr beyde euch liebt, ſo müßt ihr auch einander heirathen, ſomit hat der Spaß ein Ende.

Franz (in Entzücken.) Ja, heirathen! heirathen! ach! wenn es ſchon dahin wäre!

Simon. Vom Lieben bis zum Heirathen iſt nur ein Sprung; alſo kann es dahin bald kommen. Was ſoll aber ich bey der Sache thun?

Franz. Bey des Mädchens Vater ein gutes Wort für mich einlegen — mit einem Worte, mir verſprechen, daß ich mein Mädchen heirathen darf.

Simon. Das erſte will ich gern thun; das letztere kann ich aber nicht. Denn, wie, wenn ich es dir nun verſpräche, und es hinterher nicht halten könnte?

Franz. Ach nur euer Wort liegt mir am Herzen; wenn ihr das eurige gebt, ſo bin ich meiner Sache gewiß. Denn ſeht; ihr habt Gewicht: wenn ihr etwas ſagt, oder gern ſeht, ſo geſchiehts, und wenn ihr etwas verſprecht, ſo haltet ihr es auch; für einen ſolchen Mann ſeyd ihr überall bekannt. — Ich ſollte euch das billig nicht ins Geſicht ſagen; aber — ſo wahr ich Franz heiße! ich würde es von euch auch ſagen, wenn ihr nicht zugegen wäret.

Simon. Deine Meinung von mir freut mich; allein bevor ich dir etwas verſpreche, mußt du mir dein Mädchen nennen; denn du wirſt einſehen,

Verbrech. aus Unſch.   C

daß ich erst untersuchen muß, ob ihr auch wohl
für einander taugt.

Franz (lächelt ihn von der Seite an.) Ihr werdet gewiß sagen: Franz hat keinen üblen Geschmack.
Ich habe gewiß recht gut gewählt.

Simon (lächelt wie Franz.) Das glaub ich dir
auf dein Wort; deinem Geschmacke traue ich alles
mögliche Gute zu. Dein Mädchen heißt —

Franz. Nanette. —

Simon. Nanette? Nanette? Was zum Geyer,
doch wohl nicht gar meine Tochter?

Franz. Ach ja, lieber Vater Simon! es ist
eure Tochter. Ich liebe sie herzlich — sie mich wieder! O! willigt ein — und ihr sollt einen dank-
baren Sohn an mir haben.

Simon. Hm! Hm! die Sache wäre zu überlegen. — Höre Franz! daraus könnte wohl was
werden; aber überlegen muß man es doch erst. Darum gedulde dich bis morgen, dann komm wieder
zu mir, so sollst du Bescheid haben. Du siehst, daß
ich dich nicht aufhalten will. — Bist du damit zufrieden?

Franz. Nun, lieber Vater! ich kann doch etwas hoffen?

Simon. Hoffe auf nichts, und auf al-
les — so wirst du auf jeden Fall vorbereitet seyn.
In dieser Sache kann nur allein Nanette entschei-
den.

Franz. O! wenn das ist, so weiß ich schon,
was ich zu erwarten habe.

Simon. Nun, und das wäre? —

Franz. Daß ichs Mädchen kriege. Denn ihr seyd ein guter Vater, und wenn es darauf ankömmt, Eure Tochter glücklich zu machen, so werdet ihr es gewiß. Sprecht mit eurer Tochter darüber. Sie ist mir herzlich gut, und ihr könnt durch ein einziges Wort zwey Menschen unaussprechlich glücklich machen. O! das ist schon so gut, als gewiß. Juchhey! Juchhey! (Er geht auf Simon los, der erstaunt, aber gerührt da steht, fällt ihm um den Hals, küßt ihn, und äußert alle nur mögliche Zeichen der Freude.)

Simon. Sey ruhig, Franz! du machst sonst die ganze Gegend aufrührerisch. Komm herein. Wir wollen uns mit einander zu Tische setzen. Morgen ein mehreres davon, und ich verbiethe dir, heute von unserm Gespräche das geringste zu erwähnen. Hörst du?

Franz. Ich will euch mit Freuden gehorchen; denn ihr seyd ja nun mein Vater. —

Neunter Auftritt.

Vorige, Nanette und Claudine.

Nanette. Der Tisch ist gedeckt — ha! sieh da, Franz!

Simon. Nun, so kommt, Kinder! ich bin recht hungrig. Ja, Nanette! ich denke doch wohl, daß es reichen wird, ich habe da noch einen Gast, der diesen Abend bey uns bleibt.

Nanette. O vollkommen, bester Vater! es ist reichlich vorhanden.

Simon. Er ist euch beyden doch nicht etwa ungelegen? Denn ich weiß ja aus alter Erfahrung, daß, wo Franz ist, ihr auch gern seyd. — Der Bursche ist brav und gut. Bist du nicht meiner Meinung, Nanette?

Nanette (unbefangen.) Franz ist gut. —

Simon (fixirt sie.) Ich glaube, du hältst viel auf ihn?

Nanette. Warum sollt' ich das nicht? Habt ihr mich nicht oft gelehrt, daß man Wohlthaten mit Dank erkennen müßte? Bedenkt doch, Vater! daß wir ihm unser jetziges Glück verdanken. War er es nicht, der uns bey jenem schrecklichen Feuer so thätig unterstützte? — Ohne ihn wären wir vielleicht ärmer, als der ärmste Bauer dieses Dorfes.

Simon (wischt sich eine Thräne aus den Augen.) Kommt herein, Kinder! es wird frisch, ich kann die herbe Luft nicht ertragen. (Geht voran; Franz und Nanette geben einander die Hände, und jener gibt ihr durch Winke zu verstehen, daß der Alte um alles wisse, und daß ihre Sache gut stehe.)

Zehnter Auftritt.

Claudine allein.

Unter so vielen fröhlichen Menschen der einzige zu seyn, dem das böse Gewissen keine Ruhe läßt, dem es jede Freude des Lebens verbittert, und mit

ewigen Vorwürfen peitscht! O Gott! Gott! was
habe ich gethan? — Belton! du, dessen strafba-
re Liebe zu mir meine Freuden und mein ganzes
Leben vergiftete. — O, Belton! Belton! warum
hast du einem unschuldigen Mädchen das gethan?
— Gott! ich bin eine gemeine Verbrecherinn! Ich
habe einen Vater, eine Familie gebeugt, die dereinst Wehe über mich rufen wird; habe mein künftiges Leben mit ewigen Vorwürfen und mit Schande belastet. — Wehe mir Unglücklichen! Wehe dir
Belton! Gott wird dich einst richten, und mit dir
auch mich!! — (Ab ins Haus.)

Zweyter Aufzug.

Schöne anmuthige Gegend am Fuße des Monten-
werd. Früher Morgen.

Erster Auftritt.

Claudine allein.

(Ihre Attitüde scheint ein Gebeth anzuzeigen; denn sie
kniet noch, wenn der Vorhang aufgezogen wird.
Pause; sie steht auf.)

Sonst stärkte mich das Gebeth, wenn ich es zu
Gott richtete — das heutige hat mich geschwächt.
— So tief bin ich gesunken! — O Gott! ich stehe an einem fürchterlichen Abgrunde. Ich bin nicht
zu retten, wenn nicht Belton — (mit Zuversicht)
doch gewiß! — sein edles Herz ist nicht zu verken-
nen — er wird sich der armen unglücklichen Claubine erbarmen, sie nicht verstoßen und noch elender
machen, als sie es schon ist. Gott! lenke du sein

Herz zur festen Treue seiner Claudine, die ihn so zärtlich liebt. Ach, Belton! Belton! daß du mir mein jetziges Schicksal bereiten, daß du der Schöpfer dieser Angst und Qual seyn mußtest, die sonst meinem unbefangenen Herzen so unbekannt war! und doch — wie lieb ich dich so unaussprechlich? Nein! ich kann dich nie hassen, und wenn du mich auch verließest; denn mein g a n z e s L e b e n bist d u! — Ein guter Genius stärkt mein Herz mit innigem Vertrauen zu seiner Treue — gewiß er wird in der Probe bestehen.

Zweyter Auftritt.

Claudine und Belton.

Belton (eilt auf Claudinen zu, und schließt sie in seine Arme.) O, meine Claudine!

Claudine. Eduard! mein Eduard! (Pause; stille Umarmung.)

Belton. Bist du noch immer die nähmliche gegen mich? Liebst du mich noch immer mit dem Feuer, wie sonst? O, sprich Claudine! scheue dich nicht, mir dieses Geständniß zu thun, du thust es ja deinem Eduard!

Claudine. Fühl an mein Herz, wie dieses klopft. (Er legt seine Hand auf ihr Herz.) In diesem Herzen wohnt nur Liebe für dich! Ach! ich glaube, daß ich anfange, strafbar zu werden, denn ich kenne keine andere Liebe, als die Liebe zu dir. Seit ich dich kennen lernte, lieb ich meinen Vater, meine Schwester, alle Menschen weit weniger, als sonst. Im Gebeth stehst du vor meinen Augen und störst die Andacht, die mich sonst jederzeit beseelte; Abends, wenn ich schlafen gehe, reichst du mir deine Hand, und wünschest mir eine sanfte Ruhe; Nachts träume ich von dir und unserer Liebe — ach auch diese Nacht träumte ich von dir — (Pause.)

Belton. Du träumtest —

Claudine (mit einem Seufzer.) Ich träumte —

Belton. Der Traum war wichtig? —

Claudine (wie oben.) Sehr wichtig!!

Belton. Laß hören!

Claudine. Ich suchte dich an einem Orte, wo ich dich so gern hätte finden mögen — und fand dich nicht! O, Eduard! Eduard! das war eine schreckliche Nacht! noch bebe ich, wenn ich an sie zurück denke; noch stehn mir alle Schrecknisse dieser einzigen Nacht vor Augen.

Belton. Du suchtest mich, und konntest mich nicht finden? —

Claudine. Ach! eben das war meine Verzweiflung.

Belton. Wo? —

Claudine (mit abgewandtem Gesichte.) Am Altare!! —

Belton. Erleichtre dein Herz, entdecke mir, was du träumtest. ——

Claudine (schlingt einen Arm um ihn, und sieht ihn innig an.) Mir träumte, ich genösse in deinen Armen die höchste Glückseligkeit — aber, (mit einem Seufzer, den sie umsonst zu unterdrücken suchte) wir waren noch nicht mit einander vereint. Ich saß an deiner Seite auf eben dem Flecke, wo du mich zum ersten Mahle sahst; wir sprachen von der Zukunft, von unserm häuslichen Glücke. Ich sah dich ernsthaft an, und mahnte dich an dein Versprechen, was du mir einst auf eben dem Platze gabst, wo du den ersten Kuß der Liebe auf meine Lippen drücktest. Du wardst feuerroth, versprachst mir, unter Versicherung deiner ewigen Treue, noch an eben dem Tage zu meinem Vater zu gehn, und um mich zu werben. Ach, Belton! Belton! wie wohl ward mir in diesem Augenblicke zu Muthe — ich konnte mich gar nicht aus deinen Armen trennen. — (hat ihn fest umschlungen.) Der Abend kam heran. Du kamst zu uns. Ich erinnere mich noch immer des schönen Augenblicks, da du eintratst. In deinem Gesichte lag der Vorsatz, ein Mädchen ganz glücklich zu machen, das sich dir einst ohne Furcht und Scheu überlassen hatte. Du sagtest meinem Vater in wenigen Worten die Absicht deiner Gegenwart, sagtest ihm, daß du mich liebtest, mich zu deiner Gattinn wünschtest; du entdecktest ihm deinen Stand und deinen Nahmen, — und mein Vater fragte mich endlich, ob ich es zufrieden wäre, an deiner Hand meine künftigen Tage zu verleben? O, Belton! (mit einem seelenvollen Blick auf ihn) was konn-

te wohl meine Antwort auf diese Frage seyn? In
wenigen Minuten war das Jawort gesprochen, das
unsern Bund auf ewig schließen sollte. Ich lag in
deinen Armen — eine neue Welt lag vor meinen
Blicken; denn du schwurst mir ewige Treue und
Liebe --- ich dir! --- Bald darauf verließest du uns,
und versprachst in einigen Stunden wieder zurück zu
kommen, um mich zum Altar zu führen; denn mein
Vater setzte unsere Verbindung noch auf den nähm-
lichen Abend fest. Ach! ich schwamm in einem Mee-
re von nie gefühlter Wonne. — Alles stand bereit,
unser guter Pfarrer wartete nur auf dich, um den
Segen des ewigen Glücks über uns zu sprechen.
Ich war nicht prächtig gekleidet; aber hättest du
mich gesehn, (unschuldig) ich würde dir gewiß gefallen haben. Plötzlich kam ein Bothe mit einem
Briefe von dir. Zitternd erbrachen wir ihn, und ---
doch erspare mir den Inhalt dieses schrecklichen Pa-
piers. —

Belton (unruhig.) Sag es mir — was es auch
sey — es war ja nur ein Traum. —

Claudine (beruhigt.) Du hast Recht, e s w a r
ja nur ein Traum! — Der Brief war an
meinen Vater, und in harten Worten abgefaßt. Du
schriebst ihm: „wie er sich einfallen lassen könne,
zu glauben, daß ein Mann von deinem Stande
und von deinem Vermögen, sich mit einem Bauer-
mädchen verheirathen würde, das man wohl s o
b e y l ä u f i g mitnähme, mit dem man aber doch
unmöglich je eine ernsthafte Verbindung eingehn

könne;" ach! noch viele andere beleidigende Ausbrücke hatteſt du niedergeſchrieben, die mir aber entfallen ſind. Du ſchloſſeſt den Brief mit den Worten: daß du nach England zurück reiſteſt, um dort eine vortheilhaftere Verbindung einzugehn, die deiner Familie mehr Ehre bringen würde, und daß du ihm und mir ein glückliches Leben wünſcheſt. Mein Vater ſchäumte vor Wuth — ein Glück für dich, daß du ſchon einige Meilen entfernt warſt; denn er ſchickte Bothen aus, die dich zu ihm zurückführen ſollten. Ueber dieſen Lärm erwachte ich — ach! wie froh war ich, als ich ſah, daß es ja nur ein Traum geweſen, und daß ich meinen Belton noch habe! — (Hält ihn feſt umarmt.)

Belton (äußerſt betroffen, welches er indeſſen mit aller nur möglichen Sorgfalt zu verbergen ſucht.) Kannſt du von mir ſo etwas argwöhnen? Nein, Claudine! lerne mich beſſer kennen. In deinem Geſichte leſe ich Mißtrauen, das verbittert mir die Freude deiner ſo ſüßen Umarmung.

Claudine. Nicht, um dich zu kränken, erzählte ich dir, was du von mir zu wiſſen verlangteſt — nein, wahrlich! nicht. Oder, wie? kannſt du glauben, daß deine Claudine, die dich ſo zärtlich liebt, die nur Gedanken für dich hat, jemahls Mißtrauen in deine Verſicherungen ſetzen kann? O, gewiß nicht; aber, Eduard! was ich dir jetzt ſagen werde — Gott! es fällt mir ſchwer, aber nur der Gedanke, daß die Erhaltung meines gu-

ten Rahmens, und unsere beyderseitige Ruhe es
erfordern, gibt mir Muth, dich an dein Ver=
sprechen zu mahnen: Entdecke dich mei nem
Vater!! — ich bitte dich um Gotteswillen,
(dringend) entdecke dich meinem Vater!
Du hast mir die Ehe versprochen! gib mir durch
den Besitz deiner Hand meine Zufriedenheit, mein
Glück und meine irdische Ruhe wieder!

Belton (hingeworfen.) Ich will mich deinem
Vater entdecken!

Claudine (zudringlich.) Wann?

Belton. Noch heute! ich verspreche es dir.
Zwar wollte ich, bevor ich mit dir verbunden wür=
de, noch eine Reise nach meinem Vaterlande ma=
chen, um verschiedene Familienangelegenheiten,
hauptsächlich meine Vermögensumstände in Ordnung
zu bringen — allein es kann noch Anstand haben;
ich verspreche dir, daß ich nicht reise, und mich
noch heute deinem Vater entdecke —

Claudine (wirft sich, äußerst froh und gerührt
an seinen Hals.) Du gibst der, die dich zärtlich liebt,
neues Leben; gibst einem Geschöpfe, das ich
unter meinem Herzen trage, das glückliche
Recht, dich Vater nennen zu dürfen.
O wie wohl muß dein Versprechen meinem verwun=
deten Herzen seyn!

Belton (fast betäubt.) Wie, Claudine — ver=
stand ich dich recht? —

Claudine (treuherzig) Belton! ich werde Mut=
ter werden — Mutter durch dich!! — Drum

eile! Jeder Augenblick, den du versäumst, macht um so unauslöschlicher die Schande, die meiner wartet, wenn ich, ohne dich zum Gatten zu haben, meinem Kinde das Leben verleihe! —

Belton (der sich noch nicht von seiner Bestürzung erholt hat, sie aber sorgfältig verbirgt, so daß Claudine unter dem Drucke ihrer eigenen Bürde wenig oder nichts bemerkt; mit aufloderndem Feuer ihre Hand ergreifend, drückt er die mit Angst und neuer Hoffnung kämpfende Claudine an sein Herz.) Nein, Claudine! ich lasse dich nicht. Viel zu werth bist du meinem Herzen geworden. — Doppelt schändlich würde ich jetzt an dir und dem Geschöpfe handeln, dem ich einst in einer seligen Minute das Daseyn gab. Noch heute will ich mit deinem Vater sprechen, und um dich anhalten.

Claudine. Gott weiß es, Belton, warum mir immer so ängstlich zu Muthe ist. Ich weiß selbst nicht, welch Gefühl sich oft in mir ausbringt; und mir zuruft: Du wirst noch einst die höchste Stufe des Unglücks erreichen. Ach! so oft unterdrücke ich diesen Gedanken; aber um so öfterer stellt er sich vor meine Sinnen, und führt noch weit schrecklichere Bilder mit sich. Als du mich kennen lerntest, Belton, da war ich ein unbefangenes schuldloses Mädchen — ich kannte die Welt nicht; du kanntest sie freilich besser, und darum war es dir ein leichtes, meine Unschuld zu besiegen. — O Gott! wie viel Vorwürfe hat mein Herz mir oft schon über meine Liebe zu dir gemacht?

Wie viele harren nicht meiner noch in Zukunft, wenn ich einst durch dich unglücklich werden sollte? — Belton! könntest du mich je verlassen — könntest du je uneingedenk werden deines Versprechens — — o Belton! (Thränen lassen sie nicht weiter sprechen; sie fällt ihm schluchzend um den Hals, und verbirgt ihr Gesicht an seiner Brust.)

Belton (nicht ohne Rührung.) Claudine! Claudine! was machst du aus mir?

Claudine. Entdecke dich meinem Vater, Belton! werde mein Gatte — unserm Kinde Vater! — sonst — ach sonst — was soll aus mir werden, wenn meine Schande ruchtbar, meinem Vater das Leben kostet, und sein Tod mich in Verzweiflung und Elend jagt? O Belton! mein Jammer würde einst vor Gott schrecklich wider dich zeugen, wenn du dieses Elend über mich bringen könntest!

Belton (wie oben, doch immer verlegener.) Halt ein, Claudine, welche gräßliche Farben hast du zu diesem Gemählde genommen? Verzweiflung nur allein war vermögend, dir den Pinsel zu führen. —

Claudine (an seinem Halse.) Wenn ich dich rührte, so hab' Erbarmen mit mir; wende dieses Unglück von mir ab! Ein guter Genius müsse dich zu meinem Vater begleiten, mit dem Vorsatze, mich glücklich zu machen, und dein Kind, wie dich selbst zu lieben! —

Belton (schließt sie in seine Arme.) Ich lasse dich nicht! Ich bin dein, Claudine, ewig dein!

Nichts als der Tod soll uns trennen. Traue meinem Versprechen! (Er steckt ihr einen kostbaren Ring an den Finger) Du bist meine Gattinn! Hier unter Gottes freyem Himmel thue ich dir das Versprechen, daß du mein werden sollst, bis an das Ende deiner Tage ich dich treu und zärtlich lieben, und unserm Kinde ein liebevoller Vater seyn werde. Bist du mit diesem Gelübde zufrieden?

Claudine. Wenn du es erfüllst, so bin ichs, und dieses Gesicht kann nicht trügen. Nur der schwärzeste Teufel könnte diese Miene der Ehrlichkeit besitzen, und auf Tücke brüten. --- Du bist mein auf ewig, und sey versichert, daß, so treu und zärtlich ich dich heute liebe, so treu und zärtlich werde ich dich morgen und immer lieben, und wenn das Schicksal uns Jahrtausende zusammen vereinigt ließe. ---Diesen Abend sehe ich dich also in unserer Mitte?

Belton. Die Zeit wird dir es beweisen, daß Belton Wort hält. Erwarte mich mit dem Glockenschlage 5 Uhr. Bis dahin lebe wohl! Ich will nach Hause eilen, um meine Geschäfte durch Briefe abzumachen, und mich dann ankleiden, um anständig bey deinem Vater und den Deinigen zu erscheinen. Lebe wohl! (Er küßt sie feurig, und geht ab.)

Dritter Auftritt.

Claudine allein.

Wie kömmts, daß nach einem solchen Auftritte mein Herz nicht leichter ist? Ach! es ist mir immer, als ob mein Herz mir sagt: Es wird nicht so kommen, als ich es wünsche! Wie? --- wenn mein Traum --- unmöglich!! Belton, ein Betrieger? Dieses Gesicht mit der Offenheit in der Miene, mit dem Ausdrucke der Ehrlichkeit, die sich in allen seinen Zügen mahlt --- er sollte ein Mädchen hintergehen, dessen Elend ihn überall, wie ein Schatten, verfolgen und peinigen müßte? --- Nein, es kann nicht seyn! Mein Herz mahlt sich Bilder, die in der Wirklichkeit nicht vorhanden sind! (Mit halb unterdrücktem Seufzer) Wohl mir! wenn der heutige Tag mir meine Ehre vor der Welt zurückgibt, das ist alles, was selbst Belton vermag; denn in meinem Herzen ist ein nagender Wurm, und mein beflecktes Bewußtseyn hört nie auf, mir die schrecklichen Worte zuzurufen: Du bist eine Verbrecherinn! (Ab.)

Zimmer in des alten Simon Hause.

Nachmittag.

Vierter Auftritt.

Simon allein.

Die Zeit naht heran, da mein guter Franz kommen wird, um sich Bescheid zu hohlen. Ich muß mich also wohl entschließen, was ich machen will, und was ich ihm sagen soll. --- Hm! Hm! erst wollen wir denn doch das Mädchen hören, und dann muß der Herr Pfarrer, den doch das ganze Dorf für einen grundgelehrten und guten Mann hält, auch mit dabey zu Rathe gezogen werden. Er hat mir versprochen, hierher zu kommen, (sieht nach der Uhr) er muß bald hier seyn; also will ich nur erst Nanetten --- (geht an die Nebenthüre, und ruft:) Nanette! (Nanette von innen: Gleich, Vater!) Wundern soll michs denn doch, was sie dazu sagen wird. Ohne Zweifel hat's seine Richtigkeit, daß sie sich verstehen. Das Teufelszeug hat sich zu tief in die Augen gesehn, und nun --- ja, ja! --- Aber Franz ist ein guter Junge --- Nanette schon wilder, aber doch auch gut --- freylich eine Claudine ist sie nicht! Sollte ichs erleben, daß Claudine verheirathet würde: so verliere ich ein Stück von meinem Herzen; denn sie hat eine treffende Aehnlichkeit mit ihrer guten verstorbenen Mutter.

(Er wischt sich die Augen.)

Verbr. a. Unsch.   D

Fünfter Auftritt.

Simon und Nanette.

Nanette. Nun, lieber Vater! was wollt ihr?

Simon. Höre, Nanette! ich habe dich gerufen, um etwas Wichtiges mit dir zu überlegen.

Nanette. Mit mir, lieber Vater? ---

Simon. Mit dir. Du bist in den Jahren der Mannbarkeit, das heißt: Du mußt einen Mann nehmen. Einem Vater muß wohl zu Muthe seyn, wenn er seine Kinder frühzeitig und gut versorgt sieht. Söhne habe ich nicht, die ich in die Welt schicken könte, damit sie ihr Brot selbst verdienen, oder, nach meinem Tode, meine alte Hütte fortbauen und sich in dem Laube nähren, worin ich nun schon seit einigen 20 Jahren die frohesten und glücklichsten Tage lebe. Aber ich habe zwey Töchter, die beyde ehrliche brave Männer heirathen, und, außer meinem ehrlichen Nahmen, auch ein geringes Vermögen erben sollen, was mein Fleiß gesammlet hat. Mit einem Fuße stehe ich im Grabe; ich bin alt und schwach, --- wer weiß, wie lange es noch währt!! --- Also sinne darauf, wie du am besten versorgt seyn willst. Ich rede ohne Umschweife zu dir: Franz will dich zur Frau haben. Er hat bey mir um dich angehalten. Sein Vater ist es zufrieden, ich komme von ihm. --- Glaub mir, Nanette, die jetzige Minute, darin ich zu dir spreche, ist eine wichtige Minute --- sie entscheidet über das künftige Schicksal deines Lebens; sie hat Einfluß auf deine dereinstige Seligkeit. Der Schritt, den du zu thun im Begriff stehst, ist nicht zum Spaß, oder auf kurze Zeit, den man zurückgehn kann, wenn er nicht gefällt. **Ehestand**, wirst du oft gehört haben, ist **Wehestand**! aber nur für den, der ihn sich selbst dazu macht, oder, sich vor der Verbindung nicht gehörig prüft. --- Gott weiß! die Ehe mit meiner unvergeßlichen Claudine war gewiß kein Wehestand! Darum prüfe dich, und sage mir deine Gedanken --- **Kannst du Franz lieben?**

Nanette. Warum nicht, lieber Vater? Verdient er nicht unserer aller Liebe? Bedenkt selbst, Vater, ich kann ihn noch gar nicht um des einzigen Zuges willen vergessen, daß er uns bey dem großen Feuer, welches vor einigen Jahren in unserm Dorfe ausbrach, so thätig und treu unterstützte. Wir gingen ihn ja nichts an, und damahls hatte er gewiß noch nicht die Absicht, eine von euern Töchtern zu heirathen. Eine solche edle Handlung, die ohne allen Eigennutz geschieht, verdient doch wohl warmen Dank; denn sie entsprang ja aus einer guten und reinen Quelle. — Nach dieser einzigen Handlung habe ich Franz beurtheilt, und ich denke, ich werde nicht übel fahren, wenn ich seine Frau werde. Das that er an Leuten, die er nicht weiter kannte, als daß er sie höchstens einige Mahle gesehn und gesprochen hatte. Franz versicherte mich oft seiner aufrichtigen Liebe; sagte mir noch heute, daß er mich als Gattinn auf seinen Händen

tragen würde, eben das hat er auch euch gesagt;
nun denke ich, was wird er nicht für diejenigen
thun, die er liebgewonnen hat? was wird er nicht
für seine Gattinn thun, wenn er so gegen fast un=
bekannte Leute handelte? —

Simon. Noch einmahl; meine Tochter, beden=
ke wohl, was du thust. Ich kann es dir nicht oft
genug wiederhohlen, daß eine mißlungene Ehe eine
Hölle ist, die uns unser Lebelang peinigt; es ist
der wichtigste Schritt, denn du eingehn kannst. Nur
wenige Heirathen gelingen; unter Tausenden oft
kaum eine einzige; darum prüfe dich ernsthaft.
Glaubst du eine glückliche Ehe mit ihm zu führen
— in Gottes Nahmen, ich habe nichts dawider.
Ich habe festen Glauben zu seinem guten Herzen,
und die edle That, die er einst im Unglück an uns
übte, — vergessen habe ich sie nicht, aber erwäh=
nen durfte ich sie auch nicht gegen dich, weil sie
zu sehr für ihn sprach, und leicht die Stimme dei=
ner Einwürfe wider diese Heirath hätte betäuben
können. — Gott sey Dank! daß ich Mittel finde,
ihn durch die Hand einer guten Tochter dafür
zu belohnen, und — ich hoffe es ja auch,
weil es mein sehnlichster Wunsch ist — glück=
lich zu machen! —

Nanette (erfreut.) O, mein Vater! ich werde
gewiß glücklich mit ihnen werden. Versagt mir
nicht eure Einwilligung.

Simon. Die hast du!

Nanette. Und euern Segen!

Simon (gerührt.) Ich kenne keinen schönern Segen für ein gehorsames Kind, als den: **Auf daß dir es wohl gehe, und du lange lebest auf Erden!!**

Nanette (wirft sich zu seinen Füßen, und umfaßt seine Kniee.) Ich danke euch, mein Vater, für diesen schönen Segen!! — aber auch meinen Franz —

Simon. Gott segne auch ihn, und mache ihn durch dich, wie dich durch ihn glücklich. (Er hebt sie auf, und schließt sie gerührt in seine Arme.)

Sechster Auftritt.

Der Pfarrer und Vorige.

Simon (erblickt zuerst den Pfarrer, und geht ihm schnell entgegen, nimmt seine Mütze ab und verbeugt sich tief gegen ihn; sein ganzes Betragen gegen den Pfarrer beweiset eine außerordentliche Hochachtung, die er für ihn hat; Nanette küßt ihm die Hand.) Unser lieber Herr Pfarrer.

Pfarrer. Gott grüße euch, lieben Leute! Ihr seyd noch wohl auf? Es freut mich herzlich, daß ich euch frohen Muths und gesund antreffe. Es ist immer ein recht schöner Anblick für mich, wenn ich in ein Haus trete, und der Friede und die Gesundheit kommen mir entgegen. — Ich habe heute schon viele Kranke besucht, und bin sehr müde — ich weiß, Vater Simon, daß ihr mir es nicht übel nehmt, wenn ich mich setze. —

Simon. Keinesweges! lieber Herr Pfarrer — keinesweges. (Er gibt einen Stuhl, der Pfarrer setzt sich.) Sie sind uns willkommen, bey Tag und bey Nacht, das können sie glauben.

Manette. Gewiß, das sind sie —

Pfarrer. Kinder, es freut mich, daß ich bey euch in so gutem Andenken stehe; ich erkenne es gewiß mit dem lebhaftesten Danke; glaubt mir aber auch, daß ich euer Haus, Vater Simon! am meisten unter allen im Dorfe schätze.

Simon (macht eine Verbeugung gegen den Pfarrer, wodurch er zugleich seine Freude bezeigt.)

Pfarrer. Ihr lebt nun 24 Jahre hier — ja, so lange wird es nun wohl her seyn, denn es war in dem berühmten Jahre, wo der Friede zu Hubertsburg jenem schrecklichen Kriege ein Ende machte, der den großen Friedrich mit ewigem Ruhme krönt — als ihr zu uns kamt, und euch hier ankauftet. Wie heiter und froh sind nicht unsere Tage dahin geschwunden! es ist mir immer noch, als ob es heute wäre. O, wie viel vergnügte Stunden verdanke ich nicht eurem Hause! — Und — Vater Simon! — nicht als ob ich euch schmeicheln wollte — aber ihr habt wahrlich durch euer edles Beyspiel von Frömmigkeit — durch eure fromme Ehe mit eurer verstorbenen Gattinn — die ich so innig verehrte — durch die gute lobenswerthe Erziehung eurer Töchter — unser Dorf um ein großes verbessert. Eure Familie verdient als das Muster der Sittsamkeit aufgestellt zu werden. — Um deßwillen, guter! muß euch jeder Redliche zollen.

Simon. Wir erkennen ihre Zuneigung zu uns, Herr Pfarrer! mit vielem Danke. Wenn wir nur im Stande wären, sie zu erwiedern.

Pfarrer. Das habt ihr schon reichlich. Wer war es, der mich in meiner letzten Krankheit pflegte, als ihr! Wer war es, der täglich an meinem Krankenlager einige Stunden saß, um die tödtende Langeweile, die mir das ewige Einerley meiner Wärterinn machte, zu verscheuchen, als ihr? Wer war es, der mir die kräftigsten Suppen bereitete, die mich mehr stärkten, und schneller wieder herstellten, als alle Arzneyen, die ich gebrauchen mußte, wer that das anders als eure Töchter? — Gottes Lohn dafür ihr guten frommen Leute! Nur in der Noth und in der Krankheit erkennt man den wahren Freund, und ihr habt ihn mir in jeder Rücksicht gezeigt.

Simon (gerührt.) Nun, Herr Pfarrer! lassen Sie das gut seyn — diese Rückerinnerung erneuert den Schmerz ihrer Krankheit.

Pfarrer. Freylich wohl; aber ihr folgt die selige Erinnerung an eure Liebe.

Simon. Da sie uns doch so herzlich lieben, Herr Pfarrer! so werden sie mir es auch nicht übel nehmen, wenn ich mich unterstehe, sie bey einer wichtigen Sache zu Rathe zu ziehen. Ich habe, wie sie wissen werden, über dieses und jenes in der Welt so meine besondere Grundsätze. Ich erinnere mich immer noch an das alte körnigte Sprichwort: Vorgethan und nachbedacht,

hat manchem schon groß Leid gebracht.
Das hat mir mein alter Obriſtwachtmeiſter, dem
ich, was ich jetzt bin, zu verdanken habe, und
ihn darum wie meinen leiblichen Vater ehre, un-
zählige Mahle wiederhohlt, und mich dadurch von
manchem dummen Streiche abgehalten. Und unter allen Vorfällen im menſchlichen Leben, wo
dieſes Sprichwort am anwendbarſten iſt, gehört
unſtreitig der, wenn man ſich verheirathen will.

Pfarrer (mißt ihn mit großen Augen.) Nun,
Simon --- verſtehe ich euch recht --- ihr wollt doch
wohl in eurem ſiebzigſten Jahre nicht noch einmahl
freyen?

Simon. Dafür mich Gott bewahre. Nein,
Herr Pfarrer! das will ich dem jungen Volke
überlaſſen. Bey ſolchen Leuten, wie wir, die
ſchon das Alter zerdrückt, bleibt Heirathen
ein ewiges Stümperwerk, ſelten wird
was vernünftiges daraus. Sie ſehen hier eine,
die ſich verplempert hat, und ---

Pfarrer (mit einem Tone voller Vorwurf zu Nanetten.) Nanette! die Züchtige!

Simon. In allen Ehren, heißt das, Herr
Pfarrer, in allen Ehren! ja, ſonſt würde mir
nicht ſo gut dabey zu Muthe ſeyn, das wiſſen ſie
wohl; denn auf Ehre und guten Nahmen habe ich
mein Lebelang vieles gehalten. Unſchuld verloren, alles verloren! ſie kennen meine Erziehung --- das fällt mir gar nicht einmahl ein.

Pfarrer (der auf die letzten Worte des alten Si=
mon wenig oder gar nicht hörte, und dem plötzlich et=
was beyfällt.) Ja, weil mir es so eben einfällt ---
vergeßt eure Rede darüber, lieber Simon! ---
ich komme eben aus einem Hause, wo ich sonst
mit Zittern und Zagen einging, und heute mit grö=
ßer Freude aufgenommen wurde. Ihr kennt doch
den Andreas Zobel, den alten ehrlichen Schuhma=
cher, dessen Armuth im Dorfe so allgemein bekannt
ist, daß jedweder ihn nach Kräften unterstützt, da=
mit er nur nicht mit seiner Familie Hungers stirbt.
Dieser Mann hat heute Morgen das Unglück ge=
habt, ein Bein zu brechen. Alles läuft hinzu, um
den Unglücklichen Hülfe zu leisten, und ihm, nebst
seiner dürftigen Familie, Brot und andere noth=
wendige Bedürfnisse zuzutragen. Franz, der Sohn
des alten Märten, der auch öfters euer Haus be=
sucht, geht von ungefähr vor dem Hause vorbey,
und ist begierig, den Grund zu erfahren, warum
so viele Leute in dieß Haus hinein und wieder her=
aus gehn; er geht also hinein, sieht und hört. Oh=
ne das geringste weiter zu äußern, läuft er zum
nächsten Städtchen, und hohlt einen geschickten
Wundarzt heraus, der den alten Mann curiren soll.
Ihr wißt, daß unser Bartscherer im Dorfe nicht
viel taugt. Er hat versprochen, ihn von seinem er=
sparten Gelde, ohne Wissen seines Vaters, zu
bezahlen, und dem Unglücklichen zu seinen höchst=
nöthigsten Bedürfnissen, weil er unfähig ist zu ar=
beiten, eine Guinee geschenkt, die er vor fünf

Jahren von seinem Vater an seinem Geburtstage
erhielt. Seht! so trägt dieses Geld, nachdem es
fünf Jahre hindurch unnütz gelegen hat, noch die
reichlichsten Zinsen für die Ewigkeit. Hätte ich Vermögen, oder sonst etwas, womit ich diesen braven
Jüngling belohnen könnte — gern gäbe ich es hin,
wiewohl das Bewußtseyn einer solchen That mehr
Werth für ihn haben wird, als alle Belohnungen
mit Gold und Silber. — Wohl unserer Nachkom-
menschaft! wenn sie an Edelmuth und Tugend Franzens Nachahmer werden.

Simon (ganz außer sich vor Freuden.) Herr Pfar-
rer! — o, Gott! was haben sie aus mir alten
Mann gemacht? — Nanette — freue dich. Herr
Pfarrer! eben der Franz, von dem sie reden —
eben dieser gute, edle, brave Jüngling, wird mein
Schwiegersohn!

Pfarrer (mit Verwunderung.) Wie?

Simon. Was ich ihnen sage. Gestern hat er
mir seine Liebe zu meiner Tochter gestanden, und
ich will seine Wünsche befriedigen, er soll mein
Schwiegersohn werden! — Er muß gleich kommen,
ich glaube, er wäre schon hier, wenn ihn nicht
der Weg nach der Stadt — ich habe ihn um diese
Stunde herbeschieden, um ihm Bescheid auf seinen gestrigen Antrag zu geben. Sieh, Nanette! dir
wird ein trefflicher Mann zu Theil, ein Mann, der
noch im Jünglingsalter, bey der ersten feurigen
Liebe, ihrer doch nicht achtet, wenn es auf Voll-
führung einer guten That, und auf Menschenret-

tung ankömmt. — O, wahrlich! eine That, die ewig, ewig für seine Tugend sprechen wird. —

Pfarrer. Freund! könntet ihr heute eure Claubine einem Manne geben, der Franzens schöne Seele besäße — ich wollte selbst dazu rathen, ungeachtet sie freylich noch sehr jung ist. Meinen herzlichen Glückwunsch, euch, Nanette! denn ihr bekommt einen braven Mann! Auch euch, guter Simon! daß ihr noch die Freude habt, das zu erleben! Wahrlich! Ihr habt Ursache, stolz auf einen solchen Sohn zu seyn; denn ich glaube, es gibt seines Gleichen nicht viel im Dorfe, wiewohl ich auch gute und fromme Leute kenne; allein seine Handlungen geschehen aus Grundsätzen, und gute Handlungen aus Grundsätzen haben jederzeit Edelmuth und Menschenliebe zur Quelle.

Simon. Ich höre kommen — es wird Franz seyn! —

Siebenter Auftritt.

Vorige und Franz.

Simon. Nur näher, mein lieber — Sohn!

Franz (voller Freude, ohne sich weiter um den Pfarrer, noch um irgend eine Ceremonie zu bekümmern.) Gewiß? (Geht auf den Alten zu, und faßt ihn bey der Hand) Darf ich euch Vater nennen? Ist sie mein? Ach! dieß freundliche Gesicht sagt mir: daß mein einziger Wunsch erfüllt

iſt! — O, Nanette! meine liebe Nanette! meine herzensgute Nanette!
(Umarmt bald den Alten, bald Nanetten, bald den
Pfarrer, die ſich alle drey an ſeiner Freude ergötzen)
Ach, mein lieber Vater! beſter Herr
Pfarrer! (Er fällt auf ſeine Kniee) Gott! ich
danke dir! ich danke dir! — (ſteht auf)
ach! wie wohl iſt mir zu Muthe — Nanette! ich
will dich immer recht lieb haben — ach! und euch,
beſter Vater! euch will ich auf Händen tragen,
an den Augen will ich euch alles abſehn, um euch
nur meine Dankbarkeit zu beweiſe, und — Herr
Pfarrer — auch ihnen meinen beſten Dank — Sie haben doch gewiß auch ein Wort für mich geſprochen! —

Pfarrer. Mein Sohn! wo Verdienſt und Tugend ſelbſt das Wort reden, bedarf es da wohl
der Fürſprache eines dritten?

Franz (beſcheiden.) So bedürften viele Menſchen der Fürſprache nicht; denn die meiſten ſind
gut, ohne glücklich zu ſeyn.

Pfarrer. Aber nur wenige unterſtützen in der
Noth — nur wenige beweiſen ſich thätig, wenn
es auf Menſchenliebe ankömmt — nur wenige verlaſſen Geliebte, um Kranken zu helfen, und ihnen
ihren elenden Zuſtand zu erleichtern — nur wenige geben ihre Erſparniſſe einem Manne, der unglücklich iſt, und kein Brot für ſeine leidende Familie hat — nur wenige endlich, gehn in die Stadt,
in der Abſicht, dort einen Wundarzt zu hohlen,
der das zerbrochene Bein eines unglücklichen

Schuhmachers auf ihre Kosten heilt. Dieß that aus unserm Dorfe nur ein einziger —

Simon (mit edlem Entzücken.) Wofür Gott dich segne! mein Sohn — O, Franz! die heutige That hat den Entschluß fest in mir gemacht, dir eine Tochter zu geben, die mein Stolz ist. — Liebe sie zärtlich, und bleib ihr treu; denn der Tag, da zum ersten Mahle Unzufriedenheit über diese Ehe, euer Gesicht, wie mit einem Schleyer überzieht, und euch bange vor der Zukunft macht, dieser unglückliche Tag — bin ich dann noch nicht todt; o! so bringt er mich gewiß in die Grube.

Nanette (äußerst gerührt.) Vater! das sollt ihr gewiß nicht erleben!

Franz. O, Vater! sprecht doch nicht von so etwas. Warum sollt ich denn Nanetten übers Jahr weniger lieben, als jetzt? Ich kenne sie ja schon seit länger als fünf Jahren, und nach dieser langen Zeit finde ich sie heute noch eben so, als das erste Mahl, da ich sie sah — das ausgenommen, daß sie mir von Tage zu Tage besser gefällt, und ich denke, nun müsse die Liebe erst recht wachsen! —

Nanette (küßt ihn.) Schmeichler!

Simon. Seyd glücklich, meine Kinder! das wünscht euch ein guter Vater! Eure Mutter — — (unter Thränen) wenn sie noch lebte, würde euch das auch wünschen; aber sie ist hin! o, hättest du das noch erlebt, trautes Weib!! —

Pfarrer. Beruhigt euch, guter Alter! Gott wollte sie! dieser Gedanke müsse Trost für euer noch immer verwundetes Herz seyn! (Zu Nanetten und Franz) Meine Wünsche für euer Wohlergehen vereinigen sich mit den Wünschen eures Vaters, damit er Freude an euch erlebe, und es euch, so lange ihr lebt, und dereinst noch dort wohlergehe!

Nanette (wirft sich zu den Füßen ihres Vaters.) O euern Segen, mein Vater, in dieser Minute!

Franz (wirft sich an Nanettens Seite.) Euren Segen, mein Vater! auch mir — eurem Sohne Franz!

Simon. Er wird euch durch den Wunsch, daß es euch wohl gehe! Gott erfülle ihn! — Steht auf! (Sie stehn auf.) Franz, wandle fort auf dem Wege, den du betreten hast. Die Folgen dieser edlen That müssen dir beweisen, daß Tugend sich selbst belohnt, und daß sie in dem Bewußtseyn besteht, für die Menschheit Gutes gewirkt zu haben. Und solltest du einst Vater werden, so mache es dir zur Pflicht, deine Kinder so zu erziehn, als die meinigen erzogen wurden, damit du dir nie Vorwürfe über vernachläßigte Erziehung zu machen hast; denn sie trägt das meiste zu ihrem Glück oder Unglück bey. Aus ihr entwickeln sich die Menschenschicksale.

Pfarrer. Doch leidet auch das Ausnahmen. Oft erlebt ein Vater viel Herzeleid an seinen Kindern, denen er eine gute und fromme Erziehung zu geben bemüht war, dagegen ein anderer, der sie vernachläßigte, ganz unvermuthet bestimmt ist, durch sie Freude zu genießen.

Simon. Wehe dem Vater, der Leid an seinen Kindern erlebt, und sich bewußt ist, durch schlechte Sorgfalt auf ihre Erziehung den Grund dazu gelegt zu haben; aber zehnfach unglücklicher ist der Vater, der nichts verschuldete, der alles that, was Vaterpflicht von ihm forderte, und dennoch Herzeleid an seinen ungerathenen Kindern erlebt. Der Tod, unter jeder schrecklichen Gestalt, kann nicht so fürchterlich seyn, als der Augenblick, in dem ein Vater diese unglückliche Erfahrung macht. —

Achter Auftritt.
Vorige und Claudine.

Pfarrer. Da ist ja auch unsere liebe Claudine!

Claudine (verneigt sich tief gegen den Pfarrer, und küßt ihm die Hand; sie ist äußerst bleich und entstellt; besonders ist sie sehr furchsam und scheu; bey jedem kleinen Geräusche, was draußen entsteht, bebt sie zusammen.)

Simon. Du kömmst noch zur rechten Zeit, meine Tochter! um die Belohnung deiner Schwester mit diesem Jünglinge aus seinem eigenen Munde zu hören.

Claudine (nachläßig und ohne weiter großen Antheil zu verrathen.) Ich wünsche dir Glück, liebe Schwester! verlaß mich nicht in deinem neuen Stande, ich werde gewiß deiner noch oft bedürfen.

Nanette. Du bist ja meine liebe, gute Claudine. Meine Schwesterliebe für dich wird noch jenseits des Grabes blühen! —

Claudine. Ja! jenseits des Grabes! (Für sich) Wollte Gott! meine Freuden blühten dort! (Laut) Auch du Franz — nun mein lieber Bruder! —

Franz (umarmt sie.) Dein Bruder — du meine Schwester! —

Pfarrer (wird an Claudinens Finger den Ring gewahr, den ihr Belton gegeben.) Ey, Claudine! das ist ja ein trefflicher Ring — vermuthlich ein Geschenk? (Sieht auf Simon, und scheint von diesem eine Antwort zu erwarten.)

Claudine (die sich sichtbar entfärbte, bald aber wieder erbohlte; gleichgültig.) Ich habe ihn auf dem Montamwerd gefunden. —

Simon. Wann denn?

Claudine. Diesen Morgen.

Simon (verdrießlich.) Das ist mir gar nicht lieb. Gewiß hat er einem Fremden gehört, der ihn ungern vermissen wird; du hättest ihn sogleich nach dem Wirthshause tragen, und der Wirthinn dabey sagen sollen: daß sie den Eigenthümer zu entdecken sich bemühe, und ihn demselben zurückgibt.

Pfarrer. Vielleicht gehört er dem jungen Engländer, der sich schon seit einigen Monathen hier aufhält. Man will ihn täglich, und noch heute auf dem Montamwerd gesehen haben.

Clau-

Claudine (ihre Farbe schwindet immer mehr; sie gleicht einer Leiche.)

Anmerkung. Ich kann Claudinen keine Vorschrift geben, wie sie sich bey diesen Worten des Pfarrers, und überhaupt gegen den Schluß dieser Scene verhalten soll. Empfunden muß es werden, und die Schauspielerinn muß sich recht lebhaft in die Rolle der Claudine hineindenken, wenn sie sie glücklich spielen will. Claudine muß zittern bey jedem Worte, was von jetzt an gesprochen wird; denn sie fürchtet, mit jedem Augenblicke verrathen zu werden.

Franz. So muß er sehr früh oben gewesen seyn; denn er ist diesen Mittag aufs schleunigste abgereist; wie man sagt, soll der Tod seiner Mutter in London, schuld daran seyn. Als ich diesen Mittag aus der Stadt zurückging, begegnete er mir schon vor dem Thore.

Claudine (kann sich nicht mehr halten; die Worte; mein Traum! fahren ihr unwillkührlich aus dem Munde; sie hält sich an einem Stuhl; ihr Gesicht wird zusehends blässer, und sie ist einer heftigen Ohnmacht nahe.)

Simon (der den Ring nahm.) Lieber Sohn! geh doch nachher nach dem Wirthshause, und gib diesen Ring der Wirthinn, damit ihn der, dem er gehört, wenn er sein Eigenthum gehörig nachweist, wieder zurück erhält. Meldet sich indessen niemand, in Gottes Nahmen, so mag Claudine ihn behalten. —

Pfarrer. Was fehlt Claudinen? —

Nanette. Um Gotteswillen, Schwester! wie siehst du aus?

Simon. Gott! sie sinkt! Claudine! Claudine!

Claudine (wird ohnmächtig und sinkt dem hinter ihr stehenden Franz in die Arme; alles ist um sie herum beschäftigt.)

Simon. Gott! mir steht noch etwas großes bevor. Glück kömmt nie allein!!! —

Nanette. Diesen Ausgang befürchtete ich seit langer Zeit. Sie machte sich stärker, als sie war; um euch Kummer zu ersparen, verbarg sie gewiß eine gefährliche Krankheit.

Claudine (liegt bewußtlos in einem Stuhle, ohne ein Zeichen des Lebens zu geben; Franz und der Pfarrer stehn um sie herum.)

Simon (hat ihre Hand gefaßt.) Mein Gott! die Hand ist kalt! todt! todt! meine Claudine! o Gott! Gott! (Er stürzt zu ihren Füßen.)

Franz, Nanette und der Pfarrer (durcheinander.) Hülfe! Hülfe! Simon! mein Vater! um Gotteswillen! —

(Franz stürzt ab; Nanette und der Pfarrer helfen dem alten Simon auf. Der Vorhang fällt.)

———

Dritter Aufzug.

Zimmer, wie im vorigen Aufzug.
Eine Stunde darauf.

Erster Auftritt.

Claudine allein. Liegt auf einem Ruhebette, und ist
in einem fürchterlichen Traume.

Horch! — die Glocke schlägt! Belton kömmt!
wo bist du, den meine Seele liebt? — Belton!
— Belton! — (Erwacht plötzlich und fährt wild auf)
Was ist das? — Belton! Belton! du nicht hier?
— Du mich verlassen? — (Gemäßigter) O, ich
träumte von dir! es war die Stunde, da ich dich
am Altare vermißte! — O mein Traum!
mein Traum! — kein guter Genius bewachte
meinen Schlaf — o wehe, wehe über mich Unglückliche — wehe über dich, daß du mich verlie

E 2

ßest! (Pause) Mein Herz schien es mir zu sagen,
als er mir versprach, mich zum Brautaltare zu
führen — unter Gottes freyem Himmel schwur er
es — Gott hörte seinen Schwur — und er ward
dennoch meineidig — O Gott! Gott! (mit inni=
ger Bitterkeit) deine Langmuth ist unaussprechlich
groß!! — er verließ eine Unglückliche, die ihm
— nur ihm allein, ihr nahmenloses Elend in
der Zukunft verdankt — verstieß ein Geschöpf, das
seinen Vater nie kennen, und nur mit Verachtung
den Nahmen seiner Mutter aussprechen wird —
Gott! und er lebt! — spottet in diesem Augen=
blicke vielleicht der Armen, die ihm blindlings folg=
te — ihm alles gab, was sie zu geben hatte —
und freut sich seines schrecklichen Sieges! (Heftig)
O Fluch! dieser schrecklichen That! — Fluch
ihm! daß — (Hält plötzlich inne, gemäßigt und
nicht ohne Rührung) Doch — nein! kein Fluch
über den aus meinem Munde, den meine Seele
noch so herzlich liebt!! — Gott segne ihn, und
laß es ihm stets wohlgehn, damit er nie an die=
se schauderhafte That zurückdenke, und aus Ver=
zweiflung den Tag seiner Geburt verfluche! Gott
segne ihn, und walte über sein Schicksal!! —
Aber wie soll ich meine Lage vor meinem Va=
ter — wie sie vor einer Schwester verbergen, die
mich täglich umgibt? — Ich will fliehen, und meinem
Vater den Gram ersparen, den ihm diese Frevel=
that machen wird. (Jammernd, und unter häufigen
Thränen) O, wie wird alles auf mich losstürmen,

mich verwünschen — mir fluchen! — Ja! ich will
fliehn, mich in eine Wüste sperren, und meine übri-
ge Lebenszeit verweinen! (Pause) Aber wie? Einen
Vater und eine Schwester verlassen! und einen so
guten, zärtlichen Vater — eine so liebenswürdige
Schwester! — O mein armer Vater!! —
Gott! schließe du seine Augen jetzt, damit er nie
erfahre, wie schrecklich seine Claudine ihn hinter-
ging — (in Thränen ausbrechend) die er so innig
liebte — mit Wohlthaten überhäufte! — (Wegge-
wandt) O ich habe einen Haß vor mir selbst!! —
(Pause; dann ruhiger) Ich will mein Recht geltend
machen, das mir das Versprechen meiner Schwester gibt — ihr will ich meine Lage entdecken —
sie wird mich nie verlassen, wird gewiß meinen Kummer mit mir theilen, und mir schwesterlich rathen,
wie ich mich mit meinem Vater wieder versöhnen
kann! (Sie will gehn.)

Zweyter Auftritt.

Nanette und Claudine.

Nanette. Ich glaubte, du schliefst —

Claudine. Ach! ich kann nicht schlafen! — ich
habe es versucht; aber ich kann nicht — ach! ich
bin recht krank! —

Nanette. Das habe ich lange an dir gespürt.
Was fehlt dir, Claudine? — Soll ich ohne Umschweife zu dir sprechen? Deine Krankheit hat nicht

bloß ihren Sitz in deinem Körper — nein! deine
Seele hat gelitten, und ich fürchte immer, diese
mehr, als jener.

Claudine (mit einem Seufzer.) Ich weiß nicht! —

Nanette. Warum seufzest du? Erleichtre dein
Herz — entdecke mir deinen Kummer — ich will
ihn ja gern mit dir theilen. Du weißt, was ich
noch vor einer Stunde dir gelobte: dich zu lieben,
als Schwester, und dir in jeder Noth beyzustehn.

Claudine. Das thatst du — nimm dafür meinen besten Dank! (Küßt sie) Ach, Nanette! Nanette! du bist mein einziger Trost und meine Hülfe, verlaß mich nicht. Ich weiß nicht, ich habe
oft schwere Träume; es wird mir gewiß noch sehr
unglücklich in der Welt gehn. —

Nanette. Du hast einen guten Vater, der dein
Glück will — dein Schicksal ist so milde, und doch
siehst du Unglück und Gram, wo nur die Freude
herrschen sollte. —

Claudine. Mein guter alter Vater! (Wirft sich
zu Nanettens Füßen) Nanette! in diesem Augenblicke gilt es; deine Schwester bittet dich darum
— steh mir bey! — ach! ich habe ein schweres
Geheimniß auf meinem Herzen — ich will es dir entdecken! Aber — wenn auch du mich verließest —
wenn du im Stande wärst, uneingedenk deines Versprechens zu seyn — o dann hätte ja die unglückliche Claudine keinen Menschen mehr, der sich ihrer
erbarmte! — O ich schaudre vor dem entsetzlichen

Augenblicke, wenn du mich in Verzweiflung meinem Schicksale überlässest. —

Nanette (gerührt.) Stehe auf, ehe uns jemand überrascht. Entdecke mir dein Geheimniß! in dem Busen deiner Schwester will ich es vor dir selbst bewahren. — Sprich aufrichtig mit mir! ich versprach dir Beweise meiner schwesterlichen Liebe zu geben — vielleicht ist jetzt der Augenblick gekommen, wo ich es beweisen kann, wie sehr ich dich liebe. Entdecke mir ohne Scheu, was du auf deinem Herzen hast.

Claudine (schüchtern.) Mein Vater aber — wenn er uns überraschte. —

Nanette. Vor dem Vater bist du jetzt sicher. Er ist mit dem Pfarrer ein wenig über Feld gegangen, um die frische Luft zu genießen; Franz ist auch nicht zu Hause.

Claudine. War mein Vater ungehalten auf mich?

Nanette. Deine Ohnmacht setzte ihn allerdings, so wie uns alle, in Schrecken; dein bleiches Gesicht, dein zerstörtes Wesen, dein matter, halbgebrochener Blick machten uns alle bange für dich. Von ungefähr ergreift er deine Hand, fühlt sie kalt, fast sinnlos stürzt er zur Erde, und nur mit Mühe konnten wir ihn wieder zu sich bringen. Bald darauf schlugst du die Augen auf — er hörte deine Stimme, dieß schien ihm zu beruhigen; er befahl uns, Sorge für dich zu tragen, und ging dann

mit dem Pfarrer fort, während wir dich auf bie-
ses Ruhebette brachten.

Claudine. Nie kann ich seine Liebe zu mir vergelten.

Nanette. In der That, er liebt dich, wie ein
zärtlicher Vater nur immer die Seinigen lieben kann.
— Jetzt dein Geheimniß! —

Claudine (schüchtern und ängstlich.) Es sind nun
ungefähr vier Monathe her, als ich eines Tages,
wie gewöhnlich, die Schafe auf dem Montamwerd
hüthete; ich erinnere mich seiner sehr genau, es war
an dem Ta e, als unser guter Vater 70 Jahr alt
ward. — O Gott! an seinem Geburtstage mußte
der Grund meines Unglücks und seines Jammers
gelegt werden! — Ich war recht heiter und vergnügt
an dem Morgen, und sang meinem guten Schöpfer
ein Morgenlied, wie ich es immer zu thun gewohnt
war. Die Luft war rein; die frühe Morgensstun-
de, die liebliche Gegend um mich her, und der
Gedanke an das zufriedene Alter meines Vaters,
hatten meine Seele zur höchsten Freude gestimmt.
Es kamen an dem Tage verschiedene Reisende auf
dem Montamwerd an, die unsere Eissee sehen wollten. Unter ihnen befand sich auch ein Engländer,
mit Nahmen Belton, (mit allem nur möglichen Feuer, das ihre betrübte Lage erlaubt) — ach, Nanette! ein Jüngling von kaum 24 Jahren, von of-
fenem biedern Ansehn — ach! ein Jüngling, so
schön, als ich noch nie einen sah! — Ich sah
ihn hinaufgehn; er grüßte mich freundlich, sah sich

verschiedene Mahle nach mir um, und verschwand
plötzlich aus meinen Augen. Gegen 11 Uhr kam
er wieder zurück, und ruhte an der Quelle linker
Hand. Er sowohl, als sein Begleiter, waren au-
ßerordentlich erhitzt; ich nahte mich ihnen, und
both ihnen aus gutem Herzen Milch und Früchte
dar, die mein Mittagsbrot ausmachten. Der Engländer dankte mir freundlich, sah mir oft und
lange ins Gesicht, und plauderte einige Zeit mit
mir. Bald darauf wollte er mir einige Goldstücke
in die Hand drücken; aber ich schlug sie aus. Mein
natürliches Betragen mochte ihm gefallen; er bath
mich, ihm doch meine Herde zu zeigen, die ich
unter den großen Bäumen zurückgelassen hatte; —
(unter Thränen) ich hatte ja nichts Arges daraus,
ich wollte ihm gern gefällig seyn; ich führte ihn
also hin, bevor er seinen Gefährten gebethen hatte, ihn zu erwarten. Als wir eine gute Strecke
gegangen, und den Blicken seines Begleiters ent-
schwunden waren, drückte er mir die Hand, küßte
sie, und versicherte mir, daß er mich herzlich liebe; er sagte mir, daß er sich zu Chamounis an-
kaufen wolle, um mich nie zu verlassen, und mich
zu heirathen. Ich glaubte seinen Worten, und er
wagte den ersten Kuß der Liebe auf meine Lippen.
So verlebten wir jeden Tag — kaum eine Stunde war er von mir entfernt, wenn ich auf dem
Montamverd die Herde hüthete; er nannte mich
seine liebe Frau, und hat es mir mehr als hun-
dert Mahl geschwaren, daß nur ich allein im Stan-

be wäre, ihn ganz glücklich zu machen. Gott weiß!
dieser Zustand der Ungewißheit, worin ich mich befand, machte mich traurig und verzagt. Nie kam
ich ohne rothgeweinte Augen nach Hause. Meiner
ernsthaften Aufforderung, sich meinem Vater zu
entdecken, und um mich anzuhalten, suchte er jedes Mahl so viele wichtige Gründe entgegen zu stel-
len, daß ich ihm nichts darauf antworten konnte,
und immer schloß er mit der Versicherung seiner
Liebe und Treue, und daß, sobald seine Geschäfte
in London abgemacht wären, er mich sogleich zum
Altar führen wollte. Endlich kam die Stunde, da
er mich verlassen wollte, um nach London zurück zu
kehren, und sein Creditwesen in Ordnung zu bringen. — Ach! sein Vorsatz, sich zu entfernen, hat
mir manche Thränen gekostet, manche schlaflo-
se Nacht gemacht. — Ich bath ihn zu bleiben;
er blieb, und verschob seine Abreise von einem Tage zum andern. — Ich wagte endlich diesen Morgen meine ganze Beredsamkeit, um ihn zu bewe-
gen, bey mir zu bleiben; ich stellte ihm unter
Thränen mein trauriges Schicksal vor, das auf
mich wartete, wenn er mich verließe; sagte ihm,
daß er mein einziger Trost und meine Stütze sey.
Meine Bitten mochten ihn rühren, meine Thränen ihn erweichen; er versprach mir, zu bleiben;
schwur mir unter Gottes freyem Himmel, nicht zu
reisen, und noch heute Abend um mich bey meinem Vater anzuhalten. Er schenkte mir den schönen
Ring, den ich am Finger trug, zum Zeichen seiner

Liebe, zum Zeichen, daß ich seine Gattinn vor Gott
sey, zum Zeichen daß er mich recht bald auch vor
Menschen zu seiner Gattinn machen wolle. Dieß
beruhigte mich etwas; er nahm Abschied von mir
— eine bange Ahndung stieg in meiner Seele empor. Mir träumte in der verwichenen Nacht er
hätte mich verlassen, als ich seiner am Brautaltare harrte! o Gott! mein Traum ist schrecklich in
Erfüllung gegangen! (Mit emporgehobenen Händen)
Nur dir, Allmächtiger! ist es bekannt, welche Gefühle mich bestürmten, als er das letzte Lebewohl
zu mir sagte! Kaum konnte ich mich aus seinen
Armen winden! Es schien, als wenn eine unbekann-
te Stimme mir die schreckhaften Worte ins Ohr
raunte: du hast deinen Belton zum letzten Mahle
gesehn! — O, mein Traum ist erfüllt! — Nun
denke dir, Nanette! denke dir den schrecklichen Zustand meiner Seele, als Franz die Worte aus seinem Munde donnerte: er ist diesen Mittag abgereist! Tausend Dolche schienen auf mich zu stür-
men — vor meinen Augen ward es Nacht — o
wollte Gott! daß diese Ohnmacht die letzte Minute meines Lebens gewesen wäre, so hätte ich doch
nie wieder zu meiner Verzweiflung erwachen können! Mit ihm verbunden, hätte ich betteln wollen
— ohne ihn verwerfe ich die größten Schätze,
wenn sie mir zu Fäßen gelegt werden; mit ihm
hätte ich Raum in einer kleinen Hütte gehabt —
ohne ihn ist die ganze Welt mir zu eng!! —

Nanette (gerührt.) Arme Claudine, du dau=
erst mich! trockne deine Thränen, und sey ruhig.
Die Zeit wird deinen Kummer lindern. Denk:
Belton war so vieler Liebe nicht werth; er war ein
Verräther, der dich mit eitlen Worten und leeren
Versprechungen hintergehen wollte! --- verdient er
wohl, daß du noch seinen Nahmen nennst?
--- Vergiß die Stunden in seinem Umgange ---
vergiß alles was dich an ihn erinnern könnte ---
vertilge auf immer das Andenken an ihn aus dei=
ner Seele --- So lohnt man Betrieger!!---

Claudine (unter Thränen.) Ach! ich gab ihm
alles, was ich ihm geben konnte---!!---

Nanette (ahndend.) Claudine!! ---.

Claudine (unter einem Strome von Thränen an
ihrem Halse.) —Nanette, erbarme dich meiner.

Nanette. Gott, Schwester! Was ist das?
Was lässest du mich ahnden?

Claudine. O wisse alles, und weine über
mich! —Ich werde Mutter werden.

Nanette (wendet sich von ihr weg, und betrachtet
sie einige Augenblicke mit einer innern Verachtung.)
O Claudine! Claudine! was hast du gethan! —
O Gott! was wird aus unserm alten Vater wer=
den! —Schwester, Schwester! um Gottes=Got=
teswillen! was hast du gethan!

Claudine (in voller Verzweiflung.) O Gott!
tödte mich in diesem Augenblicke, mein Leben wird
mir Last. Tödte mich, dann bleibt doch dem al=

ten Manne die Schande verborgen, die ich über sein eisgraues Haupt gebracht habe.

Nanette (bey ihrem Anblicke gerührt.) Ihr Verbrechen ist Unschuld! — an jenem Tage wird der Urheber ihres Unglücks gerichtet werden! — Ihr wird Gott verzeihen! (In Thränen ausbrechend) O schändlicher, abscheulicher Bösewicht — (Sie schließt Claudinen gerührt in ihre Arme, an ihrem Halse) O meine arme Schwester! — meine arme unglückliche Claudine! —

Claudine. Schon oft war ich dem Selbstmorde nahe, wenn ich daran dachte, daß mein Vater mir fluchen müßte, und Gott weiß, welche mächtige Hand noch über mir geschwebt hat; es ist mir immer noch, als wollte sich mitten in meinem großen Elende das Gefühl in mir erregen, das mir Hoffnung auf glücklichere Tage macht.

Nanette. Du hast gefehlt, Claudine! aber gewiß nicht aus Vorsatz! — das ist die Beruhigung, die du vor deinem Verführer voraus hast. O, diese allein ist viel werth! — Was bist du aber nun gesonnen zu thun? Was verlangst du von mir?

Claudine. Mir zu rathen, mir beyzustehn. Doch verschweige es meinem Vater!

Nanette. Wenigstens vor der Hand — aber erfahren muß er es; doch soll nichts ohne dich geschehen. Hier meine Hand! und willst du nun, daß ich weiter für dich handeln, und schwesterlich für dich sorgen soll, so mußt du mir zuvor etwas versprechen, worauf du aber unverbrüchlich halten mußt.

Claudine. Was verlangst du?

Manette (mit frommer Andacht.) Ehre Religion! Lege nicht Hand an dir selbst! Versprich mir das! —

Claudine (reicht ihr die Hand.) Ich verspreche es dir!

Manette. Und willst es auch halten? —

Claudine. So gewiß, als das Gelübde der Tugend vom heutigen Tage! —

Manette. Du häufest Versprechen auf Versprechen, wenn du nicht Wort hältst.

Claudine. Ich halte es so gewiß, als ich dich innig liebe!

Manette. Halte dein Wort, und ich will dich unterstützen, will dir zu allem behülflich seyn; dir allenfalls auch im voraus Hoffnung machen, daß der Vater dir verzeihen, und dich mit der Zeit wieder eben so lieben wird, als zuvor; denn du fehltest aus Unschuld! Darum beruhige dich! und kann aufrichtiger Antheil an deinem gerechten Schmerze deine traurige Lage etwas mildern — deine Thränen etwas trocknen — o so versichere ich dich in Gegenwart eines guten Gottes, der unsere geheimsten Gedanken kennt, daß ich dich nie verlassen werde, daß ich stets dich als Schwester, und als meine erste und treuste Freundinn liebe, und nichts unterlassen will, um dir Proben von meiner Freundschaft und Schwesterliebe zu geben.

Claudine (fällt ihr in dem heftigsten Ausbruche ihrer widerstehenden Freude um den Hals.) Du rettest zween Menschen das Leben — Gott lohne dich für den Trost, den du in meine Seele gegossen hast!! —

Dritter Auftritt.

Vorige und Franz.

Franz (tritt mit dem Ring in der Hand ein, und geht auf Claudinen zu, der er den Ring gibt.) Hier Claudine! nimm dein Ring zurück! du wärst wohl thöricht, wenn du ihn der geschwätzigen Wirthinn lassen wolltest. Es hat sich niemand gemeldet, und meldet sich ja noch einer, nun, so ist er immer noch zu finden — du wirst ihn gewiß nicht verkaufen; bis dahin bleib rechtmäßige Besitzerinn davon.— — Der Ring scheint vielen Werth zu haben — fast beneide ich dir dein Glück im Finden.

Nanette. Ich will ihn doch auch einmahl betrachten. — Wahrlich! eine schöne, treffliche Einfassung! das Gesicht auf dem Ringe hat gewiß seine Bedeutung. (Sie blickt Claudinen an, die ihr durch ein Zeichen zu verstehn gibt, daß Bolton es seyn soll.) Wahrlich, ein Ideal von Schönheit! ich will es keinem Mädchen rathen, sich dem Originale zu nähern — es läuft wirkliche Gefahr, seine Neugierde theuer zu bezahlen. — Meinst du nicht auch, Franz?

Franz. Hm! was das anbetrifft — es müssen denn keine Nanetten und Claudinen seyn; — — sonst dächte ich doch, stände es immer in des Mädchens Gewalt, so fortzugehn, als es kam —

Claudine (zu Nanetten.) Fühlst du die Wahrheit seiner Rede? O Gott! das schneidet tief — tief durchs Herz —

Nanette (zu Franz.) Du wirst doch zugeben müssen, daß es Ausnahmen, und überhaupt Fälle gibt, wo ein Mädchen Entschuldigung verdient. —

Franz (etwas unwillig.) Seit wenn führst du die Sache d i e s e r Geschöpfe? Ich habe dir schon einmahl gesagt — Ausnahmen finden alle Mahl Statt, wenn die Mädchen keine Nanetten und Claudinen sind.

Nanette. Wenn du glaubst, daß ich die Sache eines Mädchens vertheidigen will, daß sich muthwillig und ohne große Nachstellung gegen ihre Tugend, ins Unglück stürzt, und sich auf einige Minuten einem Manne überläßt, der ihr niemahls Liebe, sondern nur Befriedigung ihrer Begierde versprach — so irrst du sehr. Aber — erinnere dich jenes unglücklichen Mädchens, das, mit einem Kinde an der Hand, jüngsthin in unserm Dorfe umherging, und um Almosen flehte. Unbekannt mit der Welt und der Macht der Verführung, hatte sie in einem Alter von kaum 16 Jahren, einem Jünglinge sich überlassen, der ihr auf seinen Knieen die Ehe versprochen, und Gott zum Zeugen seines Versprechens genommen hatte. Ihr Verführer war ent-

entflohn, und machte durch seine That eine trost-
lose Mutter und eine unglückliche Wai-
se. Mit Wehmuth erzählte sie ihr trauriges Schicksal, das dem Auge so manches Bewohners unsers
Dorfes, und auch mir Thränen des Mitleids ent-
lockte! — Was kannst du mir darauf antworten,
wenn der Bösewicht ihre Unwissenheit mit der Welt,
und ihre Unschuld nutzte, das unglückliche Mädchen
bethörte, daß sich ihm in die Arme warf, ohne zu
wissen, daß das, was sie thue, Verbrechen sey? —

Franz. Diese Unglückliche ist auch mir bekannt.
Sie kam in meines Vaters Haus — du kennst seine Strenge — sein Beyspiel hat mich milde gemacht. Ihr Gesicht rührte mich, ihre Erzählung
schenkte ihr mein Mitleiden, aber — entschuldigen könnt' ich sie nicht, und — wäre es meine eigene Schwester! — Ich sprach ihr
Muth und Trost ein, dessen sie bedurfte; denn in
ihrem ganzen Gesicht konnte man die deutlichsten
Spuren von Verzweiflung lesen; ich machte sie aufmerksam auf einen Fehltritt, der oft über das ganze Leben des Menschen entscheidet; beschwur sie,
durch aufrichtige Reue ihr Verbrechen zu büßen,
und sich mit Tugend und Religion auszusöhnen;
— die Unglückliche hörte mir mit aufmerksamer
Rührung zu. Vielleicht kehrt sie zurück auf den
Weg der Tugend, von dem ein Unmensch — ein
heilloser Bösewicht sie durch Ränke abbrachte. —
Eben das würde ich mit einer jeden Unglücklichen
thun — aber — so widersprechend es auch zu seyn

Verbr. a. Unsch.   F

scheint — entschuldigen würde ich sie nicht,
und wenn ihr Geständniß auch noch so viel Mitleid
verdiente! —

Nanette. Und gesetzt —

Franz. Sünde — bleibt Sünde! —
sie geschehe mit Vorsatz, oder aus Schwachheit,
und selbst diese Verirrung ist strafbar — denn
es ist keine gewöhnliche Schwachheit — sie führt
oft zum Selbst- und Kindermord — ist oft die
Quelle so mancher schrecklichen Auftritte in der Welt!
— Wohl indessen dem Verbrecher, dem sein Gewissen sagt: du fehltest nur aus Schwachheit!
— er hat einen Vorsprung vor dem vorsätzlichen
Bösewicht, der mir nicht für Millionen feil
seyn würde. —

Nanette. Und gesetzt, es widerführe deiner
Schwester, wie jener Unglücklichen —

Franz (rasch.) Ich liebe meine Schwester zärtlich — ich habe nur die einzige! — Doch, laß
uns abbrechen davon; das ist ein Gemählde, mit
dessen Anblick du mein Blut erstarren machen
kannst. —

Nanette. Und wenn ich dich nun wirklich mit
einer Unglücklichen bekannt machte, die deines Tro-
stes — deiner Unterstützung bedarf — dich darum
anfleht — könntest du sie ihr versagen — wür-
dest du sie ihr versagen? —

Franz (erstaunt, mit starrem Blicke.) War es
Vorsatz, daß du dieß Gespräch anknüpftest? —

Nanette (geht auf Claudinen zu.) Befürchte
nichts — hoffe alles von seiner brüderlichen Liebe!
(Nimmt sie bey der Hand, und führt sie zu Franz)
Du siehst hier eine Unglückliche, die ein solches
Schicksal betraf, die aus Schwachheit fehlte, und
deiner brüderlichen Unterstützung bedarf. Sprich
kein allzustrenges Urtheil über diese ohnehin schon
so Unglückliche — bedenk, daß sie meine Schwester, und auch die deinige ist.

Franz (wie angewurzelt.) Claudine! —

Nanette. Eben der Bube von Engländer, dem
du diesen Mittag begegnetest — eben er benutzte
die Unschuld der Armen, verführte sie, und ward
meineidig an ihr und dem Geschöpfe, das sie unter ihrem Herzen trägt.

Franz (wie erstarrt.) Claudine!! — Nanette,
diese — —

Nanette. Dieser Ring ist von ihm; als ein
Zeichen seiner beständigen Treue gab er ihn der
Unglücklichen — nun ist er ein Zeichen seiner
Bosheit und Tücke — Gott richte seine
That!! —

Franz (rasch und voll edlen Eifers.) Und mache
sein Leben so elend, als diese verruchte That es
diese Arme — ach! eine ganze Familie
macht! — O allbarmherziger Gott! erst so nahe seinem Glück und der Familienruhe —
und nun so weit davon entfernt! — (Er betrachtet Claudinen mit Rührung; Pause; dann:) Komm
an mein Herz, Claudine! wir wollen dich nicht

F 2

verlaſſen, und (umarmt ſie inbrünſtig) wenn alles
dich verließe!! — (Läßt ſie raſch los, und ſchlägt
die Hände über den Kopf) Aber, welch ein Augenblick ſteht uns bevor, wenn unſer Vater es erfährt
— ach! und erfahren wird und muß er es. Gott!
ich zittre, wenn ich an dieſen Auftritt denke: —

Claudine. O, ich arme Unglückliche! —

Franz. Ja wohl, unglücklich! und der arme
alte Mann! —

Nanette. Weder du noch ich ſind dazu geſchaf-
fen, es ihm zu ſagen. — Mir fällt ein Gedanke
ein; vielleicht läßt er ſich ausführen. Laßt uns zu
unſerm Pfarrer gehn; wir wollen ihm die Sache
vorſtellen, vielleicht läßt er ſich willig finden,
es dem Vater beyzubringen. Er iſt ein alter
ehrwürdiger Mann — unſer Vater liebt ihn ſehr,
das weißt du; läßt er ſich durch dieſen nicht be-
ſänftigen, ſo geſchieht es durch uns, oder jeden andern, noch weit weniger.

Franz. Dein Einfall verdient Beyfall. Komm,
laß uns eilen! Von unſerer Eilfertigkeit hängt
die baldige Ruhe unſerer Schweſter ab.

Nanette. Biſt du es zufrieden, Claudine, daß
wir es unſerm Pfarrer entdecken?

Claudine. Macht, was euch gut dünkt. Ihr
ſeyd ja meine Geſchwiſter — ihr werdet gewiß
meine Verzweiflung nicht noch höher treiben.

Franz (geht auf sie zu, und ergreift ihre Hand.)
Sey ruhig, Claudine! ich sehe einen Strahl von
von Hoffnung durch diesen dicken Nebel von Un-
muth, der deine ganze Stirn umwölkt hat. Ich
denke, unsere Sache ist in guten Händen, wenn
der Pfarrer sie übernimmt. Du kennst seine Behuthsamkeit — und dieß ist ein Vorgang, wo sie
hauptsächlich angewendet werden muß. Kommt!
(Sie wollen gehn; der Pfarrer begegnet ihnen.)

Vierter Auftritt.

Vorige und der Pfarrer.

Pfarrer. Ah sieh da, Claudine! Nun das freut
mich, daß ich sie wieder munter sehe; ich fürch-
tete schon, sie recht krank zu finden. Ey! ey! das
war ein böser Zufall, der euch vorhin zustieß; wahrlich! der alte Mann hätte was davon tragen können. Nun ich danke Gott, daß es für dieß Mahl
noch ohne weitere Folgen abgegangen ist.

Claudine (für sich.) Wollte Gott! daß sie nie
— nie kommen!

Franz (zu Nanetten.) Ich dächte, wir rückten
gleich mit der Sprache heraus.

Nanette. Thue das, lieber Franz! Claudine
wird dir es in Ewigkeit danken, was du in diesem
Augenblicke Gutes für sie thust. —

Franz. Herr Pfarrer — ich habe etwas sehr
wichtiges mit ihnen zu sprechen.

Pfarrer. Mit mir? Und was wäre das? —

Franz. Das Glück und Unglück zweyer Menschen steht auf dem Spiele —

Pfarrer (erstaunt.) Wie verstehe ich das?

Franz. Ich muß kurz seyn. Ein armes unglückliches Mädchen, das ihnen sehr wohl bekannt ist, hat, weder aus Hang zur Sinnlichkeit, noch Leichtsinn — dafür bürgt ihnen meine Versicherung — sondern gewiß aus Unschuld, einen Fehltritt begangen, den vielleicht ein anderer Mensch als sie und ich, mit dem Nahmen eines Verbrechens belegen würde, ungeachtet die Umstände den Fehltritt mildern.

Pfarrer. Und dieser Fehltritt? —

Franz. Mit einem Worte! Ein Bube, ein Bösewicht hat sich in das Herz dieses Mädchens geschlichen, und sie verführt. Die Zeit kömmt heran, da die Welt durch den untrüglichsten Beweis diesen Fehler entdecken wird; das Mädchen wird Mutter werden — der Bube ist entflohn, und —

Pfarrer. Und ich kenne diese Person, sagtet ihr.

Franz. Wie mich selbst — hier steht sie vor ihnen.

Pfarrer (nicht ohne sichtbar zu erschrecken.) Claubine!

Claubine (wirft sich zu den Füßen des Pfarrers, und kann nur durch Thränen und Seufzer ihre Verzweiflung und das beschämende Gefühl von ihrem Ver-

gehn zu erkennen geben; endlich mit halberstickter
Stimme) O! verwerfen sie mich nicht!! —

Franz. Belton, eben der reisende Engländer,
der mir heute vor der Stadt begegnete, den man
so oft und noch heute auf dem Montamwerd will
gesehn haben — eben dieser ist es, der das un-
schuldige Mädchen betrogen hat. Von ihm ist
dieser Ring, als ein Zeichen seiner höllischen Bü-
berey — O schändlich! schändlich! das einem solchen Buben diese Frevelthat für voll ausgehn soll!

Pfarrer (mit frommer Rührung, und einer Thräne im Auge.) Dort oben geht sie nicht für voll aus!
dort oben wird ihm vergolten werden! Die Unglückliche ist glücklicher als er; sie handelte nicht treu-
los — sie vergaß sich in einem Augenblicke, wo seine Schmeicheley und Ueberredungskunst ihr die Sinne raubten — in diesem Augenblicke war es, wo er
ihre so verzeihliche Schwachheit nutzte! — O wenn
in ihm das böse Gewissen erwacht — ich denke, es müßte ein schrecklicher Tod seyn, wenn er
mit dem Rückblicke auf diese That diese
Welt verläßt. — (Zu Claudinen) Arme Leidende! ich lese in deinem Gesichte die Reue, womit dein Herz angefüllt ist; ich ehre diesen stillen
Schmerz; erneure in diesem Augenblicke das Ge-
lübte, Gott und der Tugend treu zu bleiben, damit es dir dereinst noch wohl gehe, wenn Reue
deinen Fehltritt versöhnt hat, und du Gnade vor
Gott findest!! —

Claudine (ergreift seine Hand und benetzt sie mit Thränen.) Nein! diesen Trost habe ich nicht verdient! Strafen sie mich, nur schonen sie meinen guten Vater. Ach, der alte Mann jammert mich sehr! —

Franz. Herr Pfarrer, wollen sie für die Unglückliche bey meinem Vater sprechen? Sie bedarf ihres Beystandes. Sie sind ein Geistlicher, mein Vater ehrt und liebt sie herzlich! — Sagen sie ihm, was ihr Amt ihnen erlaubt, sagen sie ihm, daß unsere arme Claudine Mitleid verdient; suchen sie ihn zu überzeugen, daß Claudinens Fehltritt die Schuld des verruchtesten Bösewichts ist, den je die Erde trug; suchen sie alles mögliche zu thun, um nur die Ehre, oder doch wenigstens das Leben der armen Unglücklichen zu retten; sagen sie ihm — Gott! ich höre seine Stimme. — Fort von hier. Nanette, laß Claudinen nicht aus dem Gesichte — Herr Pfarrer! die Menschheit macht es ihnen zur Pflicht, für die Unglückliche zu sprechen — ich bitte sie, bitte sie um Gotteswillen! retten sie Claudinen; retten sie ein Geschöpf, das ohne ihre Hülfe verloren ist.

Pfarrer. Ich will es versuchen — Gott wird mich ja stärken! —

(Franz ab mit Nanetten und Claudinen.)

Fünfter Auftritt,

Pfarrer allein.

Wie soll ich dem alten Manne diese Nachricht hinterbringen? Wird sie nicht bey aller Behuthsamkeit immer noch zu schnell kommen? Wie soll ich ihn besänftigen? — Wie ihn überzeugen, daß Claudinens Fehltritt die Schuld eines Buben sey, der entflohen ist? — Gott! lenke sein Herz! — Einmahl ließest du mich das Werkzeug der Rettung zweyer Menschen seyn — du wirst mich es auch dieß Mahl glücklich enden lassen. —

Sechster Auftritt.

Simon und der Pfarrer.

Simon. Ah! tref ich sie noch, Herr Pfarrer? Das ist brav, daß sie geblieben sind. Sie sind unser Gast diesen Abend. Ich denke, wir wollen recht vergnügt seyn; denn ich will die jungen Leute mit einander verloben. — Doch auf einen Augenblick muß ich mich erst beurlauben. Ich will mich nur erkundigen, was meine Claudine macht, ehe ich das nicht wüßte, könnte ich doch nicht ruhig seyn.

Pfarrer. Ist es bloß die Ungewißheit über ihren Zustand, die euch unruhig macht, so könnt ihr in Gottes Nahmen hier bleiben. Claudine ist wieder wohl auf, und, wenn ich anders recht verstand,

mit ihren Geschwistern in den Garten gegangen,
um die frische Luft zu genießen.

Simon. Nun, Gott sey Dank, daß sie wieder hergestellt ist. — Jetzt, Herr Pfarrer! wollen wir noch eins mit einander plaudern. Es ist
nicht lange mehr hin bis zum Abendessen. Hier,
setzen sie sich! (Beyde setzen sich.) Was mir da auf-
gefallen ist --- ich wollts ihnen schon unter Weges sagen, aber es ist mir wieder entfallen --- wie es doch
mit dem Ringe zugegangen seyn mag, den Claus-
dine gefunden hat? Es ist mir gar nicht lieb, wenn
dergleichen Sachen kund werden: --- böse Buben
haben immer gern etwas zu reden; sie sollten am
Ende wohl gar aussprengen, er sey auf eine uner-
laubte Art in die Hand meiner Tochter gerathen
--- und --- wenn ich das hörte, das würde mich
heftig kränken!

Pfarrer. Ein Zufall, Alter! und nichts weiter; beruhigt euch darüber. Es ist ja nichts glaub-
licher, als daß ein reicher Mann, der den Montamwerd besucht, einen Ring verliert, und daß
eure Tochter die glückliche Finderinn ist.

Simon. Nun, in Gottes Nahmen, so mag
sie ihn behalten. --- Aber was glauben sie, Herr
Pfarrer! ihr Anfall von vorhin --- er wird doch
nicht von Folgen seyn? Es war ein schrecklicher Anblick, als sie in Ohnmacht sank! mir war bange
für ihr Leben; ich fürchte, daß ihr eine schwere
Krankheit bevorsteht.

Pfarrer. Dergleichen Zufällen sind junge Mäd⸗
chen häufig unterworfen. Erhitzung und schleunige
Erkältung können so etwas leicht bewirken. Macht
euch deßhalb keinen unnöthigen Kummer. Freut
euch lieber darüber, daß ihr Töchter habt, die
eure Stütze im Alter sind, und nie die Pflichten
der Ehre und Tugend aus den Augen gesetzt ha⸗
ben, und --- setzen werden; es müßte denn
ein Mensch in der Gestalt eines Teufels ihr gan⸗
zes Wesen umformen, und ihre Liebe fürs Gute,
die sie jetzt besitzen, auf einen Augenblick be⸗
täuben; denn --- auf immer! --- das halte ich
für unmöglich! ---

Simon. Herr Pfarrer! davon lassen sie uns
noch ein wenig schwatzen. Selbst auch dann würde
ich Fehltritte gewisser Art nicht verzeihen! ---
Ein Mädchen hat ihren Verstand, besonders wenn
sie in gewisse Jahre kömmt; sie hat ihn dazu, um
ihn zu gebrauchen, und wenn sie das nicht thut,
so verdient sie Strafe ---das ist mein Grundsatz! ---

Pfarrer. Ich ehre eure Grundsätze über diesen
Gegenstand — ehre die Strenge, womit ihr die Tu⸗
gend und Religion vertheidigt; --- aber ihr müßt
auch eingestehn, mein lieber Simon, daß es Fäl⸗
le in der Welt gibt, wo selbst, vielleicht sonst der
strengste Mensch eben so, und nicht anders gehan⸗
delt haben würde. Erlaubt mir, daß ich euch aus
meinen vielfachen und merkwürdigen Lebensauftrit⸗
ten, die mir besonders auf meinen Reisen begegnet
sind, ein Beyspiel erzähle, daß euch meine vori⸗

ge Behauptung sogleich einleuchtend machen wird.
Ihr kennt mich bereits seit euerm Hierseyn: — mein
Thun und Lassen habt ihr seitdem, ich möchte fast
sagen, stündlich beobachtet; ihr wißt also, daß
ich nie dem Laster einen Mantel umgehangen habe,
um es etwa selbst ungestraft zu begehn, oder zu
meinem Vortheile zu begünstigen; — um so eher
werdet ihr nun meiner Rede Glauben beymessen. —

Vor ungefähr 40 Jahren, als ich auf meiner
Reise durch Deutschland die vorzüglichsten Provin-
zen dieses Reichs besuchte, hielt ich mich eine Zeit
lang auch in Hamburg auf, und war in einem
Wirthshause eingekehrt, dessen Besitzer sowohl, als
seine Familie, mich binnen kurzem lieb gewann. Nach
meiner Gewohnheit kam ich einstmahls des Abends
gegen 11 Uhr, von einem meiner Freunde nach Hause, und bin kaum einige Minuten in meinem Zimmer, als die Thüre desselben aufspringt, und ein
Frauenzimmer von ausnehmender Schönheit eintritt,
in welchem ich sogleich die Tochter meines Wirthes
erkenne. Sie ließ mir keine Zeit, mich nach der
Ursache ihres Besuchs zu einer so ungewöhnlichen
Zeit und Stunde zu erkundigen, sondern stürzte zu
meinen Füßen, benetzte mit ihren Thränen meine
Hand, und beschwur mich, bey allem, was mir
auf Erden heilig sey, sie zu unterstützen, und nicht
zu verlassen, weil sie sonst von aller menschlichen
Hülfe entblößt, von ihrem Vater auf ewig verstos-
sen, und höchst unglücklich werden würde. Ich
ließ sie aufstehn; sie erhohlte sich, und erzählte

mir nach einigen Umschweifen: Daß sie 16 Jahr
alt sey, nie die Bekanntschaft mit i... einer
Mannsperson gemacht habe, vor einigen Monathen
indeß ein reicher Mann bey ihrem Vater abgetre-
ten sey, und sie bisweilen — aber nur auf Be-
fehl ihres Vaters — und in Ermangelung eines
Bedienten, den Kaffeh für ihn auf sein Zimmer
tragen müssen, welches dann Gelegenheit geworden, wo der junge und — wie sie sich aus-
drückte — schöne Mann, sie oft nahe und
lange habe betrachten können. Einst sey ihr Vater nicht zu Hause, die Domestiken, welche der
Fremde gerufen, aber auch nicht gleich bey
der Hand gewesen; sie habe es daher für Pflicht
gehalten, den Fremden zu bedienen, damit er nicht
über schlechte Bewirthung gegen ihren Vater klagen könnte. Bey dieser Gelegenheit habe er ihr
lauter schöne Sachen vorgeschwatzt; sie habe sich
bey ihm niedersetzen müssen; er habe ihr Geschen-
ke gegeben, und es ihr feyerlich versprochen, sie
zu heirathen. Sie habe diesen Worten geglaubt,
weil sie ihm kein Arges zugetraut, und er sie mehr
als einmahl versichert habe, daß nur gewisse Geschäfte ihn nöthigten, nochmahls eine Reise zu machen; daß er indeß binnen wenigen Wochen zurück-
kommen, und sie zum Altar führen würde. Darauf sey er wirklich abgereist, bis jetzt aber noch
nicht zurückgekommen; gewiß habe er sie verlassen,
und werde nie wiederkehren; unterdessen sey sie
schwanger von ihm, und die Zeit ihrer Entbindung

nahe immer mehr und mehr. Sie habe das feste
Zutrauen zu mir, daß ich mich dem freylich
nicht angenehmen Geschäft unterziehn würde, es ihrem Vater, der es doch einmahl erfahren müßte, mit Schonung beyzubringen, und für
sie Verzeihung auszuwirken. In der Stadt selbst
sey niemand, dem sie sich habe anvertrauen wollen, weil sie zu niemand das Zutrauen habe, ihren Vater besänftigen zu können, ich dagegen hätte gerade die dazu nöthigen Eigenschaften, ich wäre ein Geistlicher, und ihr Vater hätte eine besondere Hochachtung für mich, die er noch gegen niemand im Orte bewiesen hätte. — Ihre Rede schloß
sie mit der oft wiederhohlten Bitte, ihren Wunsch
zu erfüllen, und sie durch meine Weigerung nicht
noch elender zu machen. — Ich konnte diesen Auftrag nicht ablehnen; mein Amt forderte mich zu
diesem, wiewohl schweren Geschäfte auf; ich
versprach ihr, am andern Tage zu ihrem Vater
zu gehn, ihm die Sache behuthsam vorzutragen,
und wo möglich, seine Verzeihung für sie zu bewirken. Sie verließ mich ruhiger, als sie gekommen war, mir aber hatte sie für diese Nacht die
Ruhe geraubt; es drängte sich mit jedem Augenblicke dieser unglückliche Vorfall lebhaft vor meine
Sinnen. Am andern Morgen ließ ich es mein erstes Geschäft seyn, zu ihrem Vater zu gehn.
Nachdem ich ein ganz gleichgültiges Gespräch mit
ihm angeknüpft hatte, suchte ich ihn immer mehr
und mehr auf meine Nachricht vorzubereiten.

Er verstand mich lange nicht; endlich aber ahn-
dete er es. Seiner Wuth glich Anfangs nichts,
aber ich verzieh sie ihm; denn sie war die na-
türliche Wirkung der gekränkten Ehre eines Vaters. — Doch, Liebe zu seiner einzigen Tochter, Mitleid mit ihrer unglücklichen Lage,
Religion, und der Umstand, daß sie der verführte Theil war — gewannen endlich die
Oberhand über seinen Zorn; er verzieh ihr, sie
kam heimlich nieder, das Kind wurde sogleich aus
dem Hause geschafft, und noch vor drey Jahren
erhielt ich Nachricht von dieser Person, die mir
ihr Leben und ihr Glück verdankt, und mich nie
vergessen kann. Sie hat sich nach der Zeit mit einem braven Manne verheirathet, hat sich nicht ge-
scheuet, ihm ihren begangnen Fehltritt noch vor ihrer Verheirathung zu gestehn, und diese eben so
edle als seltene Offenherzigkeit hat ihn bewo-
gen, das Kind als das seinige zu sich zu nehmen,
und ihm eine anständige Erziehung zu geben. Diesen Brief bewahre ich als ein Heiligthum; auf
meinem Sterbebette will ich ihn lesen, er wird
mich in meinem Tode beruhigen. Ich habe gewiß
oft meinen guten Gott beleidigt — aber diese einzige That, ihm die Seele zweyer Menschen gerettet zu haben, löscht viel Böses
aus meinem Lebenswandel aus, und läßt mich mit
Ruhe und ohne Furcht an meinen Tod denken. —
War nun in diesem Falle der Vater hart und un-
erbittlich — verzieh er seiner Tochter nie — ver-

stieß er sie wohl gar und jagte sie ins Elend — wer trug die Schuld ihrer künftigen Verbrechen? — Wer trug die Schuld, wenn sie vielleicht Kindermörderinn, und zuletzt Selbstmörderinn ward?

Simon (der unterdessen über etwas nachzudenken schien.) Wie dem auch immer sey, Herr Pfarrer — es kömmt dabey immer viel auf die Lage an, worin sich der Mensch befindet; so viel aber ist ausgemacht, ich würde mich selbst nicht kennen, wenn mich so etwas träfe! —

Pfarrer (mit edler Begeisterung.) Ach! und es ist so schön zu verzeihn! ich sah dieß an jenem Vater, als er seiner Tochter verzieh — eine frömmere Rührung sah ich noch auf keinem Gesichte!! — Ihr seyd ein so guter und braver Mann und Vater — leset oft — denn ich habe euch nicht selten darüber betroffen — das alte Testament; ich weiß auch, daß ihr es nie ohne Rührung leset. Sagt einmahl offenherzig, läßt sich wohl ein schöneres und edleres Beyspiel von Edelmuth der Seele aufstellen, als da Joseph seinen Brüdern verzeiht, die ihn aus Neid und Mißgunst verkauften? Ihnen mit wahrer Bruderliebe das Unrecht vergibt, welches sie ihm angethan hatten? — Welch ein erhabenes Beyspiel von Seelengröße ist es, wenn David, der vor seinem eigenen blutschänderischen und unnatürlichen Sohne Absolon flüchten muß, endlich seinen Tod vernimmt, bey dieser Nachricht sein Haar rauft, ihm im Tode verzeiht, und in Verzweiflung ruft: O Absolon! mein

mein Sohn! wollte Gott! ich stürbe
für dich, und du lebtest!! — O, wenn
diese Beyspiele uns nicht zur Nachahmung reizen,
so war auch die Absicht Gottes, der sie uns gab,
nicht erreicht. Durch ihre Nachahmung sollten wir
uns seiner Liebe und Nachsicht mit unsern Fehlern
würdig machen; durch sie sollen wir verzeihen ler-
nen, damit wir dereinst Ansprüche auf seine väterliche Verzeihung hätten, deren wir ja täglich und
fast bey jedem Vorfalle unsers Lebens bedürfen. —
Gesetzt, im Buche des Schicksals stünde es mit
unveränderlichen Buchstaben geschrieben: Simon,
der Schulz im Dorfe der Priorey, wird in seinem
siebenzigsten Lebensjahre das Unglück erleben, durch
Fehltritt einer seiner Töchter — den jedoch nur
Unschuld seiner Tochter, und Betriegerey eines heil-
losen Bösewichts veranlaßte — gekränkt zu werden;
würdet ihr nicht feurige Kohlen auf das Haupt
eurer selbst hintergangenen Tochter sammlen, wenn
ihr durch anfängliche Entziehung eurer Liebe es sie
fühlen ließet, daß sie fehlte; dann aber auch,
wenn sie aufrichtig und herzlich bereute, ihr Verzeihung gewähret, und eure vorige Liebe wieder
schenktet? Würde es euren ohnehin schon edlen
Karakter nicht noch um einen Grad erhöhen, wenn
ihr eure Härte und Strenge mäßiget, und sie dadurch von Verzweiflung und größeren Verbrechen
abhieltet? Bedenkt, zu welchen Schritten eure un-
zeitige Strenge sie verleiten könnte — Hand an
sich selbst zu legen! Selbstmörderinn zu werden!

Verbr. a. Unsch.   G

und durch diese schauderhafte That Glück und Seligkeit zu verscherzen! — O, ich kenne euch zu
gut, Vater Simon! als daß ich diese unnatürliche Strenge von euch vermuthen sollte!

Simon (der aufzumerken scheint.) Herr Pfarrer! — Gott gebe es, daß meine Gedanken mich
trügen — aber der Ton, womit sie ihre Worte
sprechen, die Wärme womit sie sie begleiten —
mich ahnt eine böse Zukunft! — Verleihe mir
Gott einen guten Tod, damit dieses Schicksal
nie mich beuge.

Pfarrer, (mit Ehrfurcht.) Der wahre
Christ fürchtet nie die Gefahr, wenn
sie auch noch so nahe ist. Seyd ihr ein
Christ, wollt ihr es beweisen? — Wollt ihr
Vater seyn? — —

Simon. Herr Pfarrer! um Gotteswillen,
welch fürchterliches Geständniß schwebt auf ihren
Lippen?

Pfarrer (ganz ruhig.) Keins wenn ihr mir es
nicht vorher versprecht, Vater und Christ zu
seyn — mich ruhig anzuhören, und mir zu folgen! —

Simon (wie betäubt, und mit halber Stimme.)
Ich wills — sprechen sie! — —

Pfarrer. Ein Bösewicht, der diesen Mittag
so schleunig abreiste, hat sich das Vertrauen eurer unschuldigen Claudine zu verschaffen gewußt,
ihr Liebe geheuchelt, und ihr Zutrauen gemißbraucht. —

Simon (zittert am ganzen Körper, kaum hörbar.)
Ge — wiß — braucht —

Pfarrer. Faßt euch als Vater und Christ!
— ich bitte euch um Gotteswillen! — Mann!
wie rollen eure Augen so fürchterlich! — ich habe
euch nichts mehr zu sagen, wenn ihr mich mit diesen Augen anblickt. —

Simon (mit zitternder Stimme.) O sagen sie
es nur heraus, Herr Pfarrer! (Mit schreckhaftem
Lächeln) Ich bin ja ein Greis! was liegt an mir?
Sagen sie es immer heraus, wenn es mich auch
wegrafft!! —

Pfarrer. Eure Claudine hat gefehlt, da sie
sich bethören ließ; aber gewiß war der Miß-
brauch ihrer Unschuld das Werkzeug zum Raube
derselben.

Simon (fürchterlich; seine Augen rollen wild.)
Was? meine Tochter — meine Claudine geschän-
det? —

Pfarrer. Ich bitte euch um Gotteswillen,
faßt euch! Was sagte ich euch? Seyd Christ
und Vater ich fordere es von — seyd Christ
und Vater! Nehmt Rücksicht auf die Ehre, selbst
auf das Leben eurer unglücklichen Tochter. —

Simon (mit tieffühlendem Schmerze.) Meine
Tochter entehrt — (rauft sich in Verzweiflung das
Haar) mein eisgraues Haupt mit Schande belastet — mein Familienglück nur ein Traum! (stößt
sich mit der geballten Faust vor Stirn und Brust;
fast heulend) O Gott! habe ich das verdient?

—habe ich das verdient? — Was ist Redlichkeit in der Welt, wenn sie so belohnt wird? (Sinkt ermattet nieder.)

Pfarrer (eilt auf ihn zu.) Simon! um Gotteswillen, was beginnt ihr? — Was ist das? (Läuft zur Thüre) Hülfe! um Gotteswillen, Hülfe!

Siebenter Auftritt.

(Dieser Auftritt muß etwas rasch gespielt werden.)

Vorige. Nanette und Franz.
Claudine (von außen.)

Nanette und Franz (noch von außen.) Gott! was ist das? (Stürzen herein.)

Pfarrer. Helft! um Gottes Barmherzigkeit willen, helft! Wuth und Zorn rauben ihm das Leben! — Wehe dir Bube! O hättest du diesen Auftritt erlebt — Blut hätte er aus deinen Augen pressen müssen!

Claudine (von außen.) Gott! ich höre Hülfe rufen — was ist? — (Tritt ein.)

Pfarrer. Haltet sie ab; ihr Anblick tödtet ihn, wenn er wieder erwacht.

Franz (ihr entgegen.) Zurück!

Claudine (sich sträubend.) Ich muß meinen Vater sehen! (Ihr Anblick fällt auf ihn) O Gott, mein Vater! (Streckt ihre Hände nach ihm aus.)

Franz (hält sie zurück.) Zurück! sag ich, wenn nicht der letzte Funke von Bruderliebe für dich in mir verlöschen soll! (Stößt sie mit Heftigkeit zurück.)

Claudine (mit ringenden Händen.) O mein Vater! mein armer Vater! — Gott lasse dich nimmer erwachen! — (Ab.)

Franz (zu Nanetten.) Geh ihr nach und bewache sie, daß sie nicht Hand an sich selbst legt; ihre Seel ist in einem fürchterlichen Aufruhre! (Nanette ab.) O schreckliche Folgen der Verführung, die wir bis jetzt in unserm Dorfe nicht kannten! — Wehe dir Bösewicht! wenn einst Gott über dich richtet! — wie hoch soll er dir die Verzweiflung einer ganzen Familie anrechnen? — Wie hoch die Mißhandlung dieses unschuldigen Greises? — Herr Pfarrer! wir wollen ihn auf dieses Ruhebette bringen — dieß Lager ist für sein Alter zu hart! (Sie bringen ihn beyde auf ein Ruhebett.)

Pfarrer. Geht indessen zu dem unglücklichen Zobel; der Wundarzt, den ihr diesen Morgen aus der Stadt hohltet, wird noch dort seyn — bringt ihn mit her, vielleicht findet er eine Aderlässe für nöthig — ich bleibe bey dem Vater! —

Franz. Ich will gehn; aber sorgen sie für ihn — mir bangt für sein Leben. — (Ab.)

Pfarrer. Gott! wie soll das enden! — Armer, unschuldiger Greis! du hattest nichts verbrochen, und doch mußte solch ein Schicksal noch am Abend deines Lebens dich treffen!

Vierter Aufzug.
Zimmer, wie im vorigen Aufzug.

Erster Auftritt.

Simon liegt auf dem Ruhebette, und scheint einge-
schlummert zu seyn. Der Pfarrer sitzt an
seiner Seite.

Pfarrer

betrachtet ihn mit frommer Rührung.

Möchte doch dein Schlaf erquickend seyn, wie
die Sonne am ersten Frühlingstage — möchtest du
doch aus deiner Seele die Ruhe schöpfen, die ich
dir wünsche! — Freylich, ein hartes Schicksal, an
seinem Kinde das zu erleben — an dem Kinde,
das man so herzlich, so innig liebt, als er
seine Claudine liebte! — Aber doch verzieh' ich ihr,

wenn sie meine Tochter wäre! Sie fehlte ja nicht
aus Bosheit, oder mit Vorsatz, um zu sündigen;
— sie kannte ja die Fälle nicht, die man ihrem
unschuldigen Herzen stellte; — sie sündigte, ohne
zu wissen, was Sünde sey! — Gott! — du ver-
magst es! lenke sein Herz zur Versöhnung; verscheu-
che die unnatürliche Strenge aus seinem sonst so
biedern Herzen, laß ihn in seiner Tochter nicht die
Verführerinn, sondern nur die Verführte
erblicken, damit das Vaterherz spreche, und das
Unglück der Leidenden gemildert werde. —

Simon (der in einem schweren und fürchterlichen
Traume zu seyn scheint.) Claudine! — fort! — die
Schlange fort! — fort! — fort! — o Claudine!
Claudine! (Fährt plötzlich in die Höhe, und blickt um
sich; er bemerkt den Pfarrer.) Sind sie es, Herr
Pfarrer? — Ach! ich hatte einen schrecklichen
Traum! — Es war mir, als hätte sich Claudine von meinem Vaterherzen auf ewig losgerissen,
und (mit Schmerz) mich zum Vater einer buhle-
rischen Tochter gemacht! — Nun erwache
ich! — ach! — ach! — nicht wahr, Herr Pfarrer! vor meiner Stirn steht es geschrieben, daß
ich der Vater einer ehrlosen geschän-
deten Tochter bin? — (Er steht auf.)

Pfarrer. Euer Schmerz ist gerecht; aber setze
ihm Gränzen! Unter welcher Bedingung entdeckte
ich euch das fürchterliche Geheimniß, das hier im
Dorfe niemand erfahren darf, wenn ihr eurer Tochter Ehre, und die eurige schonen wollt? Vater

und Christ zu seyn! — Seyd es — und — was ich noch hinzufügen will — seyd großmüthig! denn, bey Gott! sie fehlte nicht aus Vorsatz — ihr Herz ist gut! —

Simon. Herr Pfarrer! machen sie aus mir, was sie wollen — fordern sie alles von mir, ich wills ihnen gern gewähren; aber — in diesem einzigen Stücke lassen sie mir meinen Willen. Sie hat mein graues Haupt entehrt — hat meinen guten Nahmen mit Füßen getreten; — mich zum Vater einer — (mit dem Ausdruck der tiefsten Verachtung) — Gefallenen gemacht. — O Gott! Gott! daß ein siebzigjähriger Greis das erleben mußte! Mit Fingern werden Knaben und Mädchen auf mich zeigen, wenn ich auf der Gasse gehe — Männer und Weiber werden still stehn, wenn sie mich von weitem kommen sehn; an meiner Stirn werden sie die Schandthat meiner Tochter lesen, und sich leise zuflüstern: Seht! das ist der Vater derjenigen, die ihre Tugend um den Preis eines Ringes verkaufte. — O Gott! Gott! schaffe diese Qual aus meinem Herzen — oder laß es mich vergessen, daß ich mehr als eine Tochter hatte! —

Pfarrer. Seyd Vater und Christ!

Simon. Vater zu seyn! ist ein Gefühl, was nur der wahre Mensch zu empfinden vermag. Kinder zu besitzen, die vom ersten Augenblicke ihres Entstehens an, der Aeltern Freude und Stolz sind! — das größte Erdenglück! — Wenn dann aber Vater und Mutter alles anwenden, um sie zu nüz-

lichen Menschen zu bilden — wenn sie die Jahre
der Kindheit zurückgelegt haben, und dann die
Jahre herannahn, da die Aeltern für die vielen mü-
hevollen Stunden und durchwachten Nächte mit
Recht, den Lohn dafür zu ernten hoffen, und dann
ein solches Kind der Schandfleck einer Familie wird
— (mit abgewandtem Gesicht) o, Herr Pfarrer!
warum gab Gott mir nicht die e i n e Tochter, die
jetzt meine einzige Stütze ist? o wie glücklich wäre
ich ohne Claubinen! (wimmernd) ich wüßte ja dann
nicht, wie wehe es dem Vater thut, wenn der
Liebling seiner Seele sein Herz so schrecklich zerreißt! (Heftig) Claubine betrog mich vom ersten
Augenblicke ihrer Geburt; die Liebe, die sie mir
bezeigte, war erheuchelt; sie erstickte muthwillig
jede Empfindung der Dankbarkeit gegen ihren Vater — wohlan! nun ersticke ich für sie den letzten
Funken der Vaterliebe, der in mir glimmen könnte, und somit sind wir quit! —

Pfarrer (bekümmert.) Vermag denn nichts euren Zorn zu besänftigen? Klagen und Thränen
werden nie das Unrecht eurer Tochter wieder gut
machen, aber ihre Reue kann ihr Verbrechen tilgen. — Denkt jetzt darauf, wie ihr am besten
ihre Ehre retten könnt.

Simon (mit einem schreckhaften Lächeln.) Herr
Pfarrer! bedenken sie — die Ehre Claubinens —
an ihrem Finger trägt sie den Preis dafür! hier
ist nichts zu retten; denn alles ist verloren! Sie
hat ihre Unschuld verkauft — das war der köst-

lichſte Schatz, den weder Könige noch Fürſten er-
ſetzen können, wenn er verloren iſt — Claudine
hat ihn verloren! — was bleibt dem Menſchen,
wenn dieß koſtbare Kleinod dahin iſt? — O, Herr
Pfarrer! ich bin wahrlich kein harter Mann; aber
in meinem Herzen ſpricht das Gefühl für Ehre,
das die Nichtswürdige feil both, um ſich eine
gute Stunde zu machen — o! die Thränen ihres
Vaters werden dieſen leckern Biſſen würzen, und
die Seligkeit des genoſſenen Augenblicks erhöhn. —
Sie darf nicht länger in dieſem Orte bleiben; für
das ganze Dorf würde ſie ein Aergerniß, und für
mich alten Mann eine ewige Marter ſeyn! — Nein!
ſie mag gehn, wohin ſie will — ſie mag leben,
wo ſie will, aber ich will fern von ihr ſterben; —
noch heute, noch in dieſer Stunde muß ſie fort.
Sie ſoll eine Gegend verlaſſen, wo man das Laſter
noch nicht kennt; mit ihrem Gifte ſoll ſie nicht andere anſtecken, und Tugend und Religion aus un-
ſern unbefleckten Hütten verbannen. — Mein eisgraues Haar hat ſie mit Schande gebrandmarkt —
ſie ſoll es verlaſſen, und in dieſer Welt mich n i e
— n i e wieder ſehn. Das iſt mein einziger und fe-
ſter Entſchluß.

Pfarrer. Wollt ihr eurer armen geängſteten
Tochter das thun? Was ſoll aus ihr werden?
Wohin ſoll ſie gehn? Was ſoll aus ihrem Kinde
werden? — Was wird das Dorf zu ihrer ſchleuni-
gen Entfernung ſagen? —

Simon. Das Dorf mag dazu sagen, was es will — mich kümmert das nicht. Stößt es Reden aus, die der Wahrheit nahe kommen — (zuckt die Achseln) ich werde nie den Muth haben, zu widersprechen. (In dem Ausbruche des heftigsten Schmerzes, und mit Verzweiflung über das erlittene Unglück) O, ich bin ein unglücklicher, gebeugter Vater, daß ich nicht dem eine Kugel durch den Kopf jagen darf, der meiner Tochter Ehre bezweifelt! aber — meinen sie — ich soll sie hier behalten, und mich an dem Anblicke des schönen Kindes ergötzen? es wohl gar warten und pflegen, als mein eigenes? — Bey Gott, dem Allmächtigen! sie wagt viel, wenn sie hier bleibt!!

Pfarrer. Wollt ihr der christlichen Liebe erste Pflicht verletzen? Eure eigene Tochter in Verzweiflung jagen? — Ich habe keine Worte für diese Beharrlichkeit. —

Simon. Von ihr hing es ab, glücklich oder unglücklich zu werden; beyde Wege kannte sie, sie wählte sich ihr Schicksal selbst; ich will sie nie wieder sehn! Sagen sie ihr das in meinem Nahmen, Herr Pfarrer! sagen sie ihr, daß ich ihr nicht fluche, daß ich sie aber auch nicht segnen könnte, und — beschleunigen sie ihre Abreise, so viel als möglich. Willkommen soll mir der Augenblick seyn, wenn ich hören werde, daß sie fort ist.

Pfarrer. Ihr wollt sie also niemahls wieder sehn?

Simon. Nie!

Pfarrer. Ihr den letzten Trost versagen, der
sie vielleicht vor dem rasenden Entschluß, Selbstmörderinn zu werden, schützt — der ihre Reue
durch den fürchterlichen Gedanken verhindert, daß
ihr dennoch ihr flucht? —

Simon. Suchen sie sie zu überzeigen, daß ich
das nicht thue — aber ich will — ich kann sie nie
wieder sehn. Nanette soll ihre Kleidungsstücke
zusammen suchen, damit sie in der ersten Zeit vor
Blöße gedeckt wird, dann mag sie sehn, wie sie
sich weiter forthilft. Eilen sie, Herr Pfarrer!
jede Minute, die ich mit ihr unter einem Dache
lebe, macht mir das Leben unerträglich. — Wollte Gott! ich hätte den heutigen Tag nie erlebt —
warum bin ich nicht gestern gestorben? Wahrlich!
da dachte ich noch nicht daran, daß Claudine mir
einst die letzte Stunde meines Lebens ver-
bittern würde! Nun werde ich einen schweren Tod haben — O, eilen sie, Herr Pfarrer! Sagen sie ihr, was sie wollen, nur bewirken sie, daß sie fortgeht. Es ist finster, es wird
sie niemand bemerken; ihre Schwester mag sie
ein Stück Weges begleiten, das ist alles, was
ich für sie bewillige.

Pfarrer. Vaterliebe ist euch ja sonst nicht
fremd --- soll sie dießmahl nicht vermögend seyn,
euren Zorn zu besänften? Laßt mich nicht unerhört
von hier gehn, es wäre ja das erste Mahl ---

Simon. Herr Pfarrer, so hart es mir ankömmt --- mein Entschluß ist unwiederruf-
lic '---

Pfarrer. Ich gehe, aber Gott weiß — mit welchem Herzen! (Will gehn.)

Simon (hält ihn zurück.) Noch einen Augenblick Geduld, Herr Pfarrer! (Geht zu seinem Schranke, öffnet ihn, und hohlt einen kleinen Beutel mit Geld heraus) Es wird der Unglücklichen an allen fehlen; geben sie ihr dieß Geld, es ist alles, was ich besitze. Aber sagen sie ihr nicht, daß es von mir kömmt; sagen sie ihr, daß es ein Almosen von ihnen wäre, oder — was sie wollen — nur um Gotteswillen nicht, daß ich es ihr schicke. Sprechen sie nichts von mir gegen sie; aber, Herr Pfarrer — sie sind ein braver Mann; ich kenne ihre unbegränzte Menschenliebe — wenn sie jemand wissen, denn sie die Unglückliche — — Nun, sie verstehn mich; aber ich mag nur nichts wissen, auch weiter nichts sagen. —

Pfarrer. Gott erbarmt sich ja des größten Sünders! unterdrückt nicht den letzten Funken von Vaterliebe, und seyd barmherzig.

Simon. Herr Pfarrer! wem ein Glied wehe thut, der haue es ab, damit das Uebel nicht noch weiter um sich greift.

Pfarrer (drückt ihm gerührt die Hand.) Noch ist ja Besserung möglich —

Simon (legt die Hand aufs Herz.) Diese Wunde wird ewig bluten, oder Gott müßte mir mein Gedächtniß für gewisse Sachen rauben! — Ich höre ihre Stimme — Eröffnen sie ihr, was ich ih-

nen gesagt habe, und — (wischt sich eine Thräne
aus den Augen) was sie hier sehen! (Ab.)

Zweyter Auftritt.

Pfarrer allein.

Alle Vorstellungen bey dem rauhen Vater vergebens! Arme unglückliche Claudine! dir wird ein
schreckliches Schicksal bereitet! Wie soll ich ihr diesen harten Entschluß ihres Vaters ankündigen?
Gott! ich besorge einen jammervollen Auftritt! —
Und wem soll ich sie empfehlen? Wird jemand eine Gefallene aufnehmen? (Sinnt nach) Doch ja!
ich erinnere mich ja eines biedern Mannes, der sich
ihrer annehmen, sich ihrer als Christ erbarmen
wird. An ihn will ich schreiben, ihm den Vorfall
melden, und dann muß sie freylich fort, da ohne
ihre Entfernung keine Ruhe in das Herz ihres Vaters zurückkehren kann. (Er setzt sich an einen Tisch
und schreibt den Brief, während Claudine eintritt, und
durch ihr stilles Betragen, und ihre ringenden Hände
den Kummer ausdrückt, der ihr ganzes Gesicht überzo-
gen hat.)

Dritter Auftritt.

Pfarrer und Claudine.

Claudine (geht auf den Pfarrer zu; mit beklomm-
ner Stimme.) Ich bin verworfen? —

Pfarrer. Gebt euch zufrieden, Claudine; euer Schicksal wird bald entschieden seyn.

Claudine. Was macht mein armer Vater?

Pfarrer. Der Kummer, den ihr ihn gemacht habt, greift ihm an die Seele.

Claudine. Ach Gott! der gute alte Vater!! — Ach, mein Zustand ist fürchterlich! — Führen sie mich zu meinem Vater, lassen sie mich seine Kniee umfassen — ich kenne seine nahmenlose Liebe zu seiner Claudine — noch ist sie nicht erloschen!

Pfarrer. Bleibt zurück, Claudine! Euer Anblick würde seinen Zorn vermehren. —

Claudine (sanft.) Ich will bleiben — sie haben ihn gesprochen —

Pfarrer. Euer Vergehn ist d a s G r a b eures Vaters! — Darum eilt fort aus diesem Hause, vielleicht heilt eure Abwesenheit die Wunde, die ihr ihm geschlagen habt.

Claudine. Ich meinen Vater verlassen? In dieser Verzweiflung ihn verlassen? O Gott! das ist ja noch der einzige Trost für mich Arme, daß ich meinem Vater so nahe bin — und diesen Trost sollte ich muthwillig von mir werfen?

Pfarrer. So thut mir es leid, euch in seinem Nahmen sagen zu müssen, daß ihr noch diesen Abend fort müßt — fort, wohin ihr wollt! —

Claudine. Fort, fort? (bricht in Thränen aus, und verbirgt das Gesicht in ihr Schnupftuch.)

Pfarrer. Findet euch willig in sein Verlangen. Eure Weigerung möchte sonst seine Versöhnung und eure Rückkehr auf ewig unmöglich machen.

Claudine (läuft zitternd und mit ringenden Hän-
din umher.) Ach mein Vater! mein Vater! — Nein!
ich kann dich nicht verlassen — nie! nie! — Gott!
habe Erbarmen mit mir! — ich bin verstoßen —
mein Vater hat mich verstoßen — mir geflucht —
o Gott! Gott! laß mich nicht in dieser Verzweiflung von ihm scheiden! —

Vierter Auftritt.

Vorige. Franz und Nanette.

Pfarrer. Steht eurer mehr als unglücklichen
Schwester bey. Sie muß noch heute, muß sogleich
das väterliche Haus verlassen. Hier ist ein Brief
an meinen Amtsbruder, den Pfarrer zu Salenches
— ihr könnt sie beyde bis dahin begleiten. Es ist
ein edler Mann — er wird sich ihrer annehmen,
und für sie sorgen.

Franz (gerührt nach Claudinen blickend.) Ist denn
keine Rettung vorhanden?

Pfarrer. Ihr kennt mich; ich habe nichts ge-
spart, um ihn auf einen glimpflicheren Weg zu bringen; aber alles vergebens. Sein Entschluß steht
fest. „Sie hat mein eisgraues Haar mit Schan-
„de befleckt — sie soll fort, und mich nie wieder
„sehn; fern von ihr will ich sterben.‟ Dieß sind
seine eigenen Worte.

Nanette. Arme Schwester!

Franz.

Franz. Arme unglückliche Claudine! — O,
könnt' ich dich mit meinem Leben retten — willig
wollt' ich es hingeben, um dir zu beweisen, wie sehr
mich dein Unglück rührt, wie groß meine Bruderliebe zu dir ist. O, wenn er doch hier wäre, der
Bube, daß er sähe, wie das unglückliche Mädchen
sich vor Jammer krümmt, wie der Wurm unter
des Menschen Füßen! — (Heftig) O, wenn ich
ihn zu finden wüßte, bey den Haaren wollt' ich
ihn hierher schleppen, daß er sähe, welche Verzweiflung seine schändliche That über eine ganze
Familie gebracht hat. Da stehn wir nun — rau-
fen in Verzweiflung unser Haar, und — können
nicht helfen — und er —? — doch! (mit der
Miene der Andacht) du wirst ihn richten nach seinen
Thaten, gütiges Wesen — wirst ihn richten mit
Gerechtigkeit — das ist mein Trost und sey auch
der deinige — arme Leidende!! —

Manette. Beruhige dich, Claudine, es soll dir
in deiner Abwesenheit vom väterlichen Hause an
nichts mangeln; ich und mein Franz werden für
dich sorgen; wir wollen dich besuchen, so oft du
es verlangst, und so oft der Vater es uns erlaubt
— gewiß! wir wollen Geschwister gegen dich seyn
und bleiben, wie wir es dir versprochen haben.

Franz. Hier hast du meine Hand, Claudine —
so lange noch ein Athem in mir ist, will ich Bruder im strengsten Verstande gegen dich seyn. Aber
gönne mir einen Augenblick Gehör. Ein Bube hat
deine Unschuld und Jugend gemißbraucht; er hat
dir das Bewußtseyn geraubt, tugendhaft gelebt zu

haben; verlaß biesen gefährlichen Weg; wanble
ben Weg ber Tugend und Religion — in allen Fällen unsers Lebens ist dieser Weg der
Trost und das Glück des Menschen. Versprich mir
es, daß — falle bein künftiges Schicksal aus, wie
es wolle, — bu nie uneingebenk bieser jetzigen Minute und meiner Bitte seyn willst.

Claudine (fällt auf ihre Kniee.) O Gott! nimm
hier auf meinen Knieen das Bekenntniß meines
Verbrechens. Vergib mir Unglücklichen, daß ich
fehlte! Vor beinem heiligen Angesichte erneuere
ich das Gelübbe, nie wieder vom Wege der Tugend abzuweichen, welche Fallstricke mir auch gelegt würden. Segne meinen alten Vater, und laß
ihn Freude erleben an seinem zwepten Kinbe, da
ich sie ihm nicht machen kann. Laß es ihn vergessen, daß er einst eine Tochter hatte, die seiner guten Lehren vergaß, und bie erste Pflicht des Kin-
bes mit Füßen trat! Sep mir Unglücklichen gnä-
big!! —

Franz (reicht ihr die Hand.) Bleib biesen Ge-
sinnungen treu, und es soll bir an nichts mangeln.
Deiner Bedürfnisse sind nur wenige. Ich sorge für
dich, als Freund, als Bruder — als Vater!!! —

Claudine (an seinem Halse mit Heftigkeit.) O,
mein lieber Bruder!

Nanette. Und wenn unser Vater sterben sollte, so genießen wir bepde nur gleiche Rechte. Nicht
wahr, mein Franz?

Franz (umarmt sie.) Aus bir spricht echte Schwesterliebe. Gott segne bich bafür. — Ja, Claubi-

ne! du bist und bleibst unsere Schwester; wir theilen mit dir unsern letzten Bissen!! —

Claudine. Gott! bin ich so vieler Liebe noch
werth?

Pfarrer. Und hier ist etwas, (ihr das Geld rei-
chend, das er von Simon empfing) was euch vor
Mangel schützen wird. Es ist von einem Vermächt-
niß, für Unglückliche bestimmt, und ihr seyd es ja
jetzt. — Hier sind einige Ersparnisse aus meiner Ta-
sche — Gott erfülle meinen Wunsch, so sehn wir euch
bald wieder in diesem Hause, wo ihr die glückli-
chen Tage der Kindheit verlebtet. — Jetzt, Nanette! es wird Zeit; besorgt einige Kleidungsstücke für eure Schwester, und dann macht euch auf
den Weg. — Hier ist der Brief — ich bleibe bey
eurem Vater, damit der Gram ihn nicht verzehre.

Claudine (erheitert, und mit ruhigem Troste.)
Es sey! Ein guter frommer Gedanke macht mir
Hoffnung, meinem Vater einst das wieder zu werben, was ich ihm vor wenigen Stunden war. Ich
will mich seinem Befehle unterwerfen; ich will dieses Haus verlassen; die Folge soll es beweisen,
ob ich seine väterliche Liebe wieder verdiene. —
Kommen sie, Herr Pfarrer! führen sie mich zu meinem Vater — ich will Abschied von ihm nehmen —

Pfarrer. Wie, Claudine — habt ihr mich
nicht verstanden? Sagt' ich euch nicht, daß er
Euch nie wieder sehn wollte?

Claudine (mit einem Mahle ganz niedergeschlagen.)
O, das kann mein Vater nicht gesagt haben —
und doch. — doch hat er es gewiß gesagt; denn

die Kränkung war zu groß! (Mit Bitterkeit) O
Belto! Belton! nun fühl' ich erst das Unrecht
lebhaft, was du mir gethan hast! O, dein Gesicht
log — du hast mich nie geliebt, wie hättest du
sonst so viel Unglück über mich bringen können? —
Herr Pfarrer! ich beschwöre sie auf meinen Knieen
— lassen sie mich noch einmahl meinen Vater sehn.
Er soll mir ja nicht verzeihen, und seinen Willen
wiederrufen — er soll ja nur ein aufrichtiges Bekenntniß meines Verbrechens anhören.

Franz. Herr Pfarrer! Gottes Lohn für diesen
Versuch, daß er sie nur noch ein einziges Mahl
spricht — sie leidet ja so unaussprechlich!! —

Man. Versuchen sie es doch nur noch einmahl. —

Claudine. Mein ganzes Leben hindurch will ich
für sie bethen. O Gott! ich bin ja so elend, daß
die Bewilligung dieser einzigen kleinen Bitte noch
eine Wohlthat für mich ist! warum soll es mir
denn versagt seyn, diesen letzten Trost aus diesem
Hause mitzunehmen?

Pfarrer (bekümmert.) Was soll ich ihm sagen?
Er hat nur e i n e Antwort auf j e d e Vorstellung.

Claudine. O, Herr Pfarrer! sagen sie ihm,
daß die Gewährung dieser einzigen Bitte —– (mit
Rührung) vielleicht d e r l e t z t e n in diesem Leben –-
Segen für mich sey; daß ich ihn flehentlich bäthe,
mir diesen einzigen Trost in meinem Unglück nicht
zu versagen, daß ich in Verzweiflung bin, und
Gott um meinen baldigen Tod gebethen habe.

Pfarrer. Ich will es noch einmahl versuchen,
obwohl meine Bitten abermahls an seiner Stren-

ge scheitern werden. Entfernt euch, und ihr, Nanette, sucht unterdessen ihre Kleidungsstücke, und was ihr sonst noch mitzunehmen erlaubt ist, zusammen, damit ihre Abreise nachher keinen weitern Hindernissen unterworfen ist.

Claudine. Diese Thräne sey mein Dank --- mit nichts andern kann ich es lohnen! (Küßt ihm ehrfurchtsvoll die Hand, und geht mit Nanetten und Franz ab.)

Fünfter Auftritt.
Pfarrer allein.

Ein schwerer Gang! --- aber für eine unglückliche! Meine Absicht mag mich rechtfertigen, wenn er mich rauh anläßt. --- Er ist ja Vater, unmöglich kann auf einmahl all' sein Gefühl für diese Tochter in ihm erstorben seyn; ich will mein möglichstes versuchen. (Will gehn, der Vater begegnet ihm in in der Thür.)

Sechster Auftritt.
Pfarrer und Simon.

Simon. Nun, sie kommen von meiner Tochter — ist sie fort?

Pfarrer. Sie wird euren Willen befolgen, ungeachtet —

Simon Wie nahm sie die Nachricht von ihrer bevorstehenden Abreise auf?

Pfarrer. Wie eine Unglückliche diese schreckliche Nachricht aufnehmen kann. Ich wollte, ihr

wärt Zeuge ihrer Thränen und ihres Jammers
gewesen — o, wahrlich! es sagte mehr, als sie
durch Worte hätte ausdrücken können.

Simon. Woran liegt es, daß sie noch nicht
fort ist?

Pfarrer. Sie muß sich erst ein wenig ankleiden;
es ist feuchte kalte Witterung — Ich habe sie
übrigens einem biebern Manne empfohlen —

Simon. Still — ich mag das nicht wissen —

Pfarrer. Ich glaubte nicht, daß sie euer Verlangen ihrer schleunigen Abreise so standhaft aufnehmen, sich sobald in ihr Schicksal finden würde.
Hauptsächlich war mir bange, als ich ihr ankün-
digte, daß sie dieses Haus, ohne euch noch einmahl zu sehn, verlassen sollte; ich vermuthete, sie
würde sich noch eine Zusammenkunft mit euch er-
bitten — und wahrlich! das hätte mich in große
Verlegenheit gesetzt. —

Simon. Wie so? Sie hätten sie ihr doch sogleich abgeschlagen?

Pfarrer. Wie konnt' ich das? Nein, dazu
kenne ich die Rechte der Menschheit zu gut. Einen
Menschen zum Tode zu verdammen, und ihm
dieß Urtheil vorzulesen, kann unmöglich so schrecklich seyn, als ihm noch den letzten Wunsch im Leben zu versagen, worauf seine irdische und himm-
lische Glückseligkeit beruht, und den zu befriedigen, in unsrer Gewalt steht.

Simon. Wie könnte die Bewilligung einer Zusammenkunft mit meiner Tochter Einfluß auf ihr
irdisches und künftiges Glück haben?

Pfarrer (unruhig.) Sehr viel. Laßt bey dieser
Zusammenkunft nur zwey Worte über die euch ge-
schehene Kränkung fallen, und bey Gott! diese
zwey Worte, im väterlichen Gefühle des erlitte-
nen Unrechts gesprochen, werden mehr wirken,
als alle Vorwürfe, so sie von euch aus dem Munde eines dritten erhält, als alle Ermahnungen
und guten Lehren, die ich, oder ein anderer, ihr
auf den Weg mitzugeben vermag. — Eine Thräne
aus euern Augen über den Kummer, so sie euch
bereitete, wäre ein Sporn zu ihrer Besserung gewesen, dagegen — ihr diesen letzten Trost
in ihrem wahrhaft großen Unglücke zu versagen —
sie zur Verzweiflung, und — was noch trauriger
als dieß ist, — zu fernern Schandthaten bringen
könnte.

Simon. Herr Pfarrer! Hier haben sie meine
Hand; ich erkenne, daß ich in diesem Stücke Unrecht habe. Fort muß sie, das bleibt ausgemacht; aber — das kann ich nicht bergen, wenn
sie mich noch um eine Zusammenkunft gebethen hätte ---

Pfarrer. So würdet ihr sie gestattet haben?

Simon. Ja, das hätte ich; aber nur unter der
ausdrücklichen Bedingung, daß sie mich nicht mit Bitten bestürmte, länger hier zu bleiben; denn keine
Liebkosungen, keine Thränen würden in diesem Punct
etwas über mich vermögen.

Pfarrer. Aber die Gewährung jener Bitte steht
ja noch in eurer Gewalt —

Simon. Sie hat sie nicht verlangt —

Pfarrer. Aus meinem Munde spricht eure Tochter. Auf diesem Flecke, wo ihr jetzt steht, lag die
aufrichtige Reuige auf ihren Knieen. O, ihr hät-
tet sie sehn sollen; wie sie mit Mühe die Worte
herausstieß, die den Wunsch enthielten, euch nur
noch einmahl zu sehn, und ein aufrichtiges Bekenntniß
ihres Verbrechens abzulegen. „Ich will dieß Haus
verlassen, sagte sie, ich will meinen Vater nicht
noch mehr durch meinen Anblick betrüben, der ihm
verhaßt ist; aber sehn muß ich ihn noch einmahl,
ich wüßte sonst nicht, in welchen Abgrund Verzweiflung mich stürzen würde!" — Nicht wahr, ihr
habt mich dieses Mahl keine Fehlbitte thun lassen,
wollt sie noch einmahl sehn, ihr wenigstens die Versicherung mit auf den Weg geben, daß ihr sie nicht
haßt, ihr nicht flucht? — Thut dieß, Vater Simon! Es ist ja so wenig, was sie verlangt. Ich
will es ja meinem ärgsten Feinde versichern, daß
ich ihn nicht hasse oder ihm nicht fluche. —

Simon. Ich will es; aber, Herr Pfarrer!
vergessen sie ihr nicht zu sagen, unter welcher Bedingung —

Pfarrer. Ihr habt mein Wort —

Simon. So mag sie kommen!

Pfarrer. O wohl mir, daß ich eine Nachricht
ihr hinterbringen kann, die Balsam in ihre Wun-
den gießen wird. (Ab.)

Siebenter Auftritt.
Simon allein.

Also soll ich sie doch noch einmahl sehn? —
Ach! ihr Anblick wird mir manche kostbare Erinnerung an die Vergangenheit in mein Gedächtniß
zurückrufen! — Ich will streng gegen sie seyn —
ihr noch einmahl den Spiegel vorhalten, worin sie
ihr Verbrechen bis auf den Grund erblicken, und
Wehe über sich selbst ausrufen soll! — Und hat
sie dann noch einen Funken von Liebe zu ihrem gekränkten Vater — so wird sie bereuen, und sich
wieder mit der beleidigten Tugend versöhnen!

Letzter Auftritt.

Simon. Claudine. Bald darauf der Pfarrer. Nanette und Franz.

Claudine (bleibt am Eingange stehn. Große Pause.)

Simon (langsam und mit Nachdruck.) Warum
zögerst du, dich mir zu nähern, Claudine?

Claudine (nähert sich ihm mit langsamen Schritten; endlich mit halbgebrochener, zitternder Stimme.)
Mein Vater!

Simon (betrachtet sie aufmerksam. Wie oben.)
Du hast ein böses Gewissen. (Claudine heftet den
Blick von ihm weg, und sprachlos zur Erde.) Darum schlägst du die Augen vor mir nieder. — Sieh!
so wirst du künftig dem Auge jedes Biedermannes
weichen müssen, wenn es durchbringend auf dich
blickt!

Claudine. Mein Vater! —

Simon (Pause.) Claudine! was hast du gethan? — Das Gesetz der Natur umgekehrt —
mit Füßen getreten! — Die Lehren deines Vaters
— Religion und Tugend mit Muthwillen von dir
geworfen — aus dieser schönen Welt eine wilde
felsigte Gegend gemacht, woran künftig die guten
Vorsätze der Menschen scheitern werden! — Deine Gottesfurcht — deine kindliche Liebe — deine
Dankbarkeit gegen einen Vater, der dir gewiß Vater
im strengsten Verstande war; alles — alles ist ver-
schwunden, wie ein Schatten. — O Claudine!
Claudine! was hast du gethan?

Claudine. O mein Vater! was soll ich euch
sagen? Gott! erbarme du dich meiner, und nimm
diese Verzweiflung von meinem Herzen! —

Simon. Habe ich das um dich verschuldet, Claudine? — War das die Dankbarkeit, womit du
mich für meine Liebe lohnen wolltest? — O, Claudine! so habe ich für einen schweren Preis
gearbeitet! — Meine Vaterthränen sind ver-
siegt; die ich heute über dich vergossen habe, liegen einst schwer in der Schale des Gerichts, worin deine Thaten gewogen werden. Gott ist gnä-
dig, aber gerecht! — ich fluche dir nicht!!
— er verzeihe dir, was ich nimmer dir verzeihen kann.

Claudine (in Schmerz versunken.) O mein Vater, nicht diesen Blick — um Gotteswillen, nur
nicht diesen Blick, er zermalmet mich! —
Gott! ist denn niemand, der sich meiner erbarmt?

Hat denn alles in der Schöpfung mich verlassen?
O, mein Verbrecher ist größer, als ich es fassen
kann! Belton! Belton! ich habe dir vieles auf-
geopfert! —

Simon. Ja wohl, um eines einzigen Augenblicks Wonne in den Armen dieses Teufels, gabst
du sie hin, die Liebe deines Vaters; verpraßtest
die Freuden deines g a n z e n L e b e n s in einer
e i n z i g e n M i n u t e, und — mußt nun e w i g
d a r b e n!! —

Claudine (stürzt zu seinen Füßen, und umfaßt seine Kniee; schluchzend.) Mein Vater!

Simon. Erinnere dich meiner unzähligen Beweise von Vaterliebe gegen dich! erinnere dich,
wie oft ich dir es sagte: du bist meiner sanften Claudine — deiner tugendhaften Mutter Ebenbild, und
darum mir so werth! (Schnell und heftig) Nein!
du bist es nicht! ich wiederrufe. Nie warst du der
Abdruck dieses holden Engels, dessen Lächeln eine
Sanftmuth über ihr Antlitz verbreitete, die die Welt
entzückte; nie warst du die gute fromme Seele, die
nie mit einem Blicke, irgend ein Geschöpf beleidig-
te; sie war nicht der Teufel in Menschengestalt,
um mich tausendfach zu martern! — O, Claudine! der Zeitpunet war nahe, wo deine kindliche
Liebe mir die Sorge um dich hätte vergelten können — o! du hast mir heute vergolten, daß meine Gebeine zittern und morsch geworden sind; —
du hast einen Stein auf mein Haupt geworfen,
und — bald — bald werde ich in die Grube sin-
ken. — Sieh! da ist noch eine Thräne! ich kann-

te bisher keine andere Thränen eines Vaters, als
die, welche die Freude über Kinder seinen Augen
entlocken; hier ist die e r s t e Thräne, die Schmerz
und Angst über mein liebstes Kind aus meinen Augen preßt — wie schwer glaubst du wohl, d a ß
s i e w i e g t? — (Sieht sie durchdringend an; Pause; dann:) Hin ist meine Ruhe und mein Glück
auf Erden — hin das Bewußtseyn genossener Va-
terfreuden — durch dich gemordet!! — O, der
Tod von deiner Hand wäre mir willkommner gewesen, als das Verbrechen deiner verkauften Unschuld! —

Claudine (bebend.) V e r k a u f t? — v e r -
k a u f t? Nein, mein Vater — Gott, der All-
wissende, ist mein Zeuge! — dieser Vorwurf trifft
mich nicht. Er hat mich teuflisch um das Gut be-
stohlen, dessen Verlust meine und eure Ruhe
mordet! — O Belton! Belton! wie schwer muß
ich den Augenblick büßen, da ich dich zum ersten
Mahl sah!! —

Simon. Für Verbrechen dieser Gattung hat
der Mensch keinen Sinn. Wahrlich! meinem ärgsten Feinde wünsche ich den Augenblick nicht, da
ein anderer ihm sagt: D e i n e T o c h t e r i s t
e n t e h r t, h a t i h r e U n s c h u l d v e r l o r e n!
— O, wenn ich daran denke, was ich diesen Mor-
gen war, und was ich jetzt bin — e i n g l ü c k -
l i c h e r V a t e r! — e i n g e b e u g t e r V a t e r!
— O, weinen möchte ich vor Jammer, wie ein
Kind, daß ich nicht mehr bin, was ich war!
(Gefaßter, aber unter Thränen) Du wirst dieses Haus

verlaſſen — wirſt mich n i e wieder ſehn! Gott
ſtehe dir bey, und vergebe dir die Sünde an einem
Greiſe, dem du mit dieſer That das Leben um
J a h r e verkürzt haſt. — J ch h a ſ ſ e d i ch n i ch t!
— auf deinen Wegen begleitet dich mein Wunſch,
daß dir es wohl gehn möge — das iſt der Segen
deines gekränkten Vaters, womit er dich für b i e-
ſ e W e l t e n t l ä ß t. — Sieh! wollt' ich dir Bö-
ſes wünſchen, ſo wäre es das e i n z i g e, daß
du einſt an dem Kinde, was du jetzt unter deinem
Herzen trägſt — d a s erlebteſt, w a s ich an dir
erlebe; daß du Mutter einer Tochter würdeſt,
die du mit Jnbrunſt liebteſt; in deren Beſitz alle
deine Freuden beſtünden, und bir dann durch ſie
widerführe, wie mir durch dich — dann würdeſt
du es lebhaft fühlen, wie wehe es thut, Schan-
be an ſeinen Kindern zu erleben! Doch, es ſey
f e r n von mir, bir ſo e t w a s zu wünſchen. Gott
und der Vorſehung ſey es überlaſſen, durch welche
Mittel ſie dich züchtigen, und auf beſſere Wege
leiten will. (Die letzten Worte ſpricht er nur ſchwach,
dann fällt er ohnmächtig in den Lehnſtuhl zurück, und
läßt ſein Haupt ſinken.)

Claudine. O mein Vater! bin ich ſo vieler
Schonung werth? — Bin ich — (bemerkt ihn in
Ohnmacht liegen, und eilt ſchnell auf ihn zu.) Was
iſt das? — Gott, mein Vater! — nein, zu
bieſem!! — (Sinkt zu ſeinen Füßen.)

(Der Pfarrer, Nanette und Franz ſtürzen haſtig herein, und erſchrecken bey dieſem Anblick; ſie unterſtützen den Alten, der eben im Begriff war

zu fallen, und richten ihn auf; Claudine liegt noch immer bewußtlos da; der alte Simon erhohlt sich allmählig.)

Pfarrer. Das Reden griff zu stark an. —

Franz. Es wird Zeit, daß sie sich entfernt. —

Nanette (die um Claudinen beschäftigt ist.) Claudine! Schwester! um Gotteswillen! —

Simon (der sich wieder erhohlt, schlägt die Augen auf; sein erster Blick sucht Claudinen.) Wie war mir? — leb ich wirklich noch? — Wo ist Claudine —

Claudine. Er lebt — Gott sey Dank — ewig Dank!

Simon (nicht unwillig.) Schafft mir ihren Anblick aus den Augen —

Claud. (erhebt sich langsam, und nähert sich furchtsam ihrem Vater; zu seinen Füßen.) Ich gehe jetzt einem Hause, das ich immer das väterliche werde — mit welchem Schmerze, ist Gott bewußt! Ich verlasse es mit der marternten Ueberzeugung, der Tödter meines eigenen Glücks in diesem Hause gewesen zu seyn, und dieß macht meine Strafe tausendfach. — Lebt glücklich! mein Vater! Kann das Gebeth einer reuigen Tochter zueurer Erhaltung beytragen — o so will ich nie unterlassen, Gott stündlich darum zu flehen. Erinnert euch nur mit Mitleid, wie mit Abscheu einer Tochter, die ihr oftmahls eure geliebte Claudine nanntet — die nie mit Vorsatz fehlte! — — Lebt wohl, mein Vater! — (Schluchzend und abgebrochen) Und wenn ihr diese Welt verlaßt — ehe ich euch wieder sehe — so müsse

kein Fluch aus eurem Munde das Glück meiner künftigen Tage zertrümmern — Segnet mich in der letzten Minute — Ruhe wird dann wieder in dieß lee-
re Herz zurückkehren! (Zu Franz und Nanetten)
Bruder! Schwester! lebt wohl! in euren Herzen
erhalte Gott eure Liebe für mich! (Küßt dem Pfarrer die Hand mit Ehrerbiethung) Ihnen, edler Mann!
dankt mein Herz und dieser Kuß; ich gehe jetzt be-
ruhigter von hier weg — dieß Geständniß sey der
Lohn für diese Stunde, die ich i h n e n verdanke!
(Geht bis zur Thüre, kehrt dann aber noch einmahl
um, geht zu ihrem Vater und blickt ihn innig an)
Nicht wahr, mein Vater? Ihr gedenkt segnend
meiner in eurer Sterbestunde? — O, flucht mir
nicht! Der Aeltern Segen baut den Kindern Häuser, aber ihr Fluch reißt sie
wieder!! — Vielleicht hört ihr bald, daß eure
wirkliche Claudine dort — oben ist — Gott wird
mir verzeihn! — denn was mein Herz leidet, kann
keiner Folter gleichen! Lebt wohl! mein Vater!
d o r t o b e n s e h n w i r u n s v e r s ö h n t w i e-
d e r! — O Schwester! Bruder! sorgt für den al-
ten Mann! versüßt ihm die wenigen Tage, die ich
getrübt habe — und erinnert ihm nie an etwas,
was seinen Gram über mich vermehren könnte! —
(Zu seinen Füßen) Nur einen Blick, mein Vater!
der mir eure Verzeihung d o r t o b e n versichert —
nur einen Blick, der mir sagt, daß ich euch d o r t
o b e n wieder V a t e r nennen darf!

Simon (mit unterdrückter Wehmuth.) G o t t
v e r z e i h e d i r — w i e i c h d i r v e r z e i h e! —

— Lebe wohl — glücklich — tugend=
haft!!!

Claudine (erheitert.) Nun will ich strenge büßen!
Dieser schöne Segen baut mein Glück für die Zu=
kunft, und die Tugend, an die ich halten will,
gründet es fest! (Küßt ihres Vaters Hand mit In=
brunst; umarmt nochmahls ihre Geschwister und den
Pfarrer, der sein Gesicht zum Himmel erhebt, und sie
im stillen Gebeth Gott und der Tugend empfiehlt, geht
bis zur Thüre, und dreht sich hier noch einmahl nach
ihrem Vater um, der sich eben zur Thüre wendete; ih=
re Blicke treffen sich, der Alte kehrt sich rasch um.)
Er verzieh mir im stillen Gebeth! (ab; Nanette und
Franz begleiten sie; der Pfarrer bleibt zurück; Pause.)

Simon. So krümmt sich das Laster
vor seinem eigenen Bewußtseyn!

Pfarrer. Und so stürzt oft ein einziger
Fehltritt — erzeugte ihn auch Schwachheit — un=
sere schönsten Freuden auf immer danieder.

Simon. Sie blühn ihr noch, wenn sie bereut!

Pfarrer (froh.) Gebt ihr Hoffnung?

Simon. Wie würden wir sonst dort oben
bestehn?

Pfarrer. Gott hat euer Herz gelenkt — ich ver=
stehe euch! Sie mag büßen, um dann desto
herzlicher in die Arme ihres Vaters zurückzukehren,
der ihr von ganzer Seele verzeiht. So war
eure Meinung!

Simon. Das entscheide Folgezeit!

Pfarrer. Amen! (Drückt den alten an seine Brust.)

Der Vorhang fällt.